U0789146

珍藏版

四書五經

赵文博 主编

肆

辽海出版社

第三章

【原文】

万章问曰："象日以杀舜为事，立为天子，则放之①，何也？"孟子曰："封之也，或曰'放焉'。②"万章曰："舜流共工于幽州，放驩兜于崇山，杀三苗于三危，殛鲧于羽山：四罪而天下咸服，诛不仁也。象至不仁，封之有庳③。有庳之人奚罪焉？仁人固如是乎④？在他人则诛之，在弟则封之？"曰："仁人之于弟也，不藏怒⑤焉，不宿怨⑥焉，亲爱之而已矣。亲之欲其贵也，爱之欲其富也，封之有庳，富贵之也。身为天子，弟为匹夫，可谓亲爱之乎？""敢问'或曰放者'，何谓者？"曰："象不得有为于其国，天子使吏治其国，而纳其贡税焉，故谓之放。岂得暴彼民哉⑦？虽然，欲常常而见之，故源源而来⑧。'不及贡，以政接于有庳。'⑨此之谓也。"

【注释】

①放，犹置也。置之于此，使不得去也。

②万章疑舜何不诛之，孟子言舜实封之，而或者误以为放也。

③流，徙也。共工，官名，驩兜，人名。二人比周，相与为党。三苗，国名，负固不服。杀，杀其君也。殛，诛也。鲧，禹父名，方命圮族，治水无功，皆不仁之人也。

歧亭攻柵

庳，音鼻。幽州、崇山、三危、羽山、有庳，皆地名也。或曰，今道州鼻亭，即有庳之地也，未知是否。

④万章疑舜不当封象，使彼有庳之民无罪而遭象之虐，非仁人之心也。

⑤藏怒，谓藏匿其怒。

⑥宿怨，谓留蓄其怨。

⑦孟子言象虽封为有庳之君，然不得治其国，天子使吏代之治，而纳其所收之贡税于象，有似于放，故或者以为放也。盖象至不仁，处之如此，则既不失吾亲爱之心，而彼亦不得虐有庳之民也。

⑧源源，若水之相继也。来，谓来朝觐也。

⑨不及贡，以政接于有庳，谓不待及诸侯朝贡之期，而以政事接见有庳之君。盖古书之辞，而孟子引以证源源而来之意，见其亲爱之无已如此也。

【译文】

万章问道：“象每天盘算谋杀舜的事，等舜做了天子，却仅仅是把他流放了，这是为什么？”

孟子说：“实际上是封他为诸侯；有人说是流放他。”

万章说：“舜把共工流放到幽州，把驩兜发配到崇山，把三苗杀死在三危，诛杀鲧于羽山，处置了这四个罪人天下便都归服了，这是因为讨伐了不仁者。而象是最不仁的，却被封到有庳，有庳国百姓到底有什么罪过？难道仁人就可以这样吗——对别人则加以诛伐，对弟弟就封赏国土？”

答道：“仁人对于弟弟，心里不藏怒气，不积怨恨，只是亲爱他罢了。亲他，就要让他显贵；爱他，就要让他富有。把有庳封赏给他，就是要让他享有富贵。自己为天子，弟弟为平民，能够说是亲爱他吗？”

〔万章又问〕："敢再请教，有人说是流放，这是什么意思？"

答道："象不能在他的封国上自行其是，天子派官吏来治理他的国家，缴纳赋税，因此有人说是流放。象难道能虐待百姓吗？尽管这样，舜还是经常想见到他，所以象不断地来和舜相见。'不一定要等到朝贡，因为政治上的需要来与有庳联系。'说的就是这个意思。"

第四章

【原文】

咸丘蒙①问曰："语②云：'盛德之士，君不得而臣，父不得而子。'舜南面而立，尧帅诸侯北面而朝③之，瞽瞍亦北面而朝之。舜见瞽瞍，其容有蹙④。孔子曰：'于斯时也，天下殆哉岌岌乎！⑤'不识此语诚然乎哉？"孟子曰："否。此非君子之言，齐东⑥野人之语也。尧老而舜摄也⑦。《尧典》⑧曰：'二十有八载，放勋乃徂落⑨。百姓如丧考妣，三年，四海遏密八音⑩。'孔子曰：'天无二日，民无二王。'舜既为天子矣，又帅天下诸侯以为尧三年丧，是二天子矣。"咸丘蒙曰："舜之不臣尧⑪，则吾既得闻命矣。《诗》⑫云：'普⑬天之下，莫非王土，率⑭土之滨，莫非王臣。'而舜既为天子矣，敢问瞽瞍之非臣如何？"曰："是诗也，非是之谓也。劳于王事，而不得养父母也。曰：'此莫非王事，我独贤劳也。⑮'故说《诗》者，不以文害辞，不以辞害志。以意逆志，是为得之。如以辞而已矣，《云汉》之诗曰：'周馀黎民，靡有孑遗。'信斯言也，是周无遗民也⑯。""孝子之至，莫大乎尊亲；尊亲之至，莫大乎以天下养。为天子父，尊之至也；以天下养，养之至也⑰。《诗》⑱曰：'永言孝思，孝思维则。⑲'此之谓也。《书》⑳曰：'祇载见瞽瞍，夔夔齐栗，瞽瞍亦允若。'是为父不得而子也。㉑"

【注释】

①咸丘蒙，孟子弟子。

②语者，古语也。

③朝，音潮。

④慼，慼慼不自安也。

⑤岌（jí），鱼及反。岌岌，不安貌也。言人伦乖乱，天下将危也。

⑥齐东，齐国之东鄙也。

⑦孟子言尧但老不治事，而舜摄天子之事耳。尧在时，舜未尝即天子位，尧何由北面而朝乎？又引《书》及孔子之言以明之。

⑧尧典，《虞书》篇名。今此文乃见于《舜典》，盖古书二篇或合为一耳。

⑨言舜摄位二十八年而尧死也。徂，升也。落，降也。

人死则魂升而魄降，故古者谓死为徂落。

⑩遏，止也。密，静也。八音，金、石、丝、竹、匏、士、革、木，乐器之音也。

⑪不臣尧，不以尧为臣，使北面而朝也。

⑫诗，《小雅·北山》之篇也。

⑬普，遍也。

⑭率，循也。

⑮此诗今毛氏《序》云："役使不均，已劳于王事，而不得养其父母焉。"其诗下文亦云："大夫不均，我从事独贤。"乃作诗者自言天下皆王臣，何为独使我以贤才而劳苦乎？非谓天子可臣其父也。

⑯文，字也。辞，语也。逆，迎也。《云汉》，《大雅》篇名也。孑，独立之貌。遗，脱也。言说《诗》之法，不可以一字而害一句之义，不可以一句而害设辞之志；当以己意迎取作者之志，乃可得之。若但以其辞而已，则如《云汉》所言，是周之民真无遗种矣。惟以意逆之，则知作诗者之志在于忧旱，而非真无遗民也。

⑰养，去声。言瞽瞍既为天子之父，则当享天下之养。此舜之所以为尊亲养亲之至也，岂有使之北面而朝之理乎？

⑱诗，《大雅·下武》之篇。

⑲言人能长言孝思而不忘，则可以为天下法则也。

⑳《书》，《大禹谟》篇也。

㉑祗，敬也。载，事也。见，音现。夔夔齐栗，敬谨恐惧之貌。允，信也。若，顺也。言舜敬事瞽瞍，往而见之，敬谨如此，瞽瞍亦信而顺之也。孟子引此而

言瞽瞍不能以不善及其子，而反见化于其子，则是所谓"父不得而子"者，而非如咸丘蒙之说也。

【译文】

咸丘蒙问道："俗语说，'道德修养最高的人，国君不能以他为臣，父亲不能以他为子。'舜南面而立当了天人，尧就带领诸侯向北面朝见他，连他父亲瞽瞍也向北面朝他。舜见到瞽瞍，神情惶惶不安。孔子说：'在此时，天下可危险得不得了呀！'不知道此话果真如此吗？"

孟子说："不！这不是君子口里说出来的话，而是齐东野人的话。是尧上了岁数而叫舜代理天子的。《尧典》上说，'二十八年后，放勋尧死了，人们像死了父母一样服丧三年，四海之内停止了音乐。'孔子说：'天上没有两个太阳，人间没有两个君主。'舜如真在尧死前已经当了天子，又带天下诸侯为尧服丧三年，就成为有两个同时的天子了。"

咸丘蒙说："舜没把尧当臣子，我已向您领教明白了。《诗经》上说：'天下所有的领土，没有一处不归君主；环绕四周的人群，全体都是王的臣属。'然而，舜既已成为天子，敢冒昧请问，瞽瞍竟不是他的臣民，为什么？"

孟子说："这篇《诗》，不是你所理解的这个含意，而是说作诗的人为王事勤劳，不能侍奉父母，诗中说，'这些没一件不是王的任务，为什么却偏要我一人辛苦。'因此，解释诗的人，不能因文字损害语句，从语句屈解原作主旨，要按精神去追溯揣测主旨，才算真正理解。如果只一个劲抠字眼，那么（例如）《云汉》诗说：'周朝剩余的平民，没有一个人生存。'相信这句话（字面的意思），就是周朝连一个人也没能保存。孝子最大的孝，莫过于尊敬父母；尊敬父母的最高程度，莫过于以天下来奉养父母。（瞽瞍）身为天子的父亲，尊贵到了顶点；（舜）以天下来奉养他，奉养达于顶点。《诗经》中还说：'孝道要永远提倡，孝道是天下的榜样。'正是这个意思。《书经》中说：'（舜）恭恭敬敬地见瞽瞍，态度谨慎手脚颤抖，瞽瞍也信顺安详不再别扭。'这怎能说是父亲不能以他为子呢？"

第五章

【原文】

万章曰："尧以天下与舜，有诸？"孟子曰："否。天子不能以天下与人。①""然则舜有天下也，孰与之？"曰："天与之。②""天与之者，谆谆然命之乎？③"曰："否。天不言，以行与事示之而已矣。④"曰："以行与事示之者如之何？"曰："天子能荐人于天，不能使天与之天下；诸侯能荐人于天子，不能使天子与之诸侯；大夫能荐人于诸侯，不能使诸侯与之大夫⑤。昔者尧荐舜于天而天受之，暴之于民而民受之。故曰：'天不言，以行与事示之而已矣。'⑥"曰："敢问荐之于天而天受之，暴之于民，而民受之。如何？"曰："使之主祭而百神享之，是天受之；使之主事而事治⑦，百姓安之，是民受之也。天与之，人与之，故曰：天子不能以天下与

人。舜相⑧尧，二十有八载，非人之所能为也，天也。尧崩，
三年之丧毕，舜避尧之子于南河之南⑨。天下诸侯朝⑩觐者，
不之尧之子而之舜；讼狱⑪者，不之尧之子而之舜；讴歌者，
不讴歌尧之子而讴歌舜，故曰：天也。夫⑫然后之中国，践
天子位焉。而居尧之宫，逼尧之子，是篡也，非天与也。《泰誓》
曰：‘天视自我民视，天听自我民听。’此之谓也。⑬”

【注释】

①天下者，天下之天下，非一人之私有故也。

②万章问而孟子答也。

③万章问也。谆谆，详语之貌。

④行，去声，下同。行之于身谓之行，措诸天下谓之事。
言但因舜之行事，而示以与之之意耳。

⑤言下能荐人于上，不能令上必用之。

⑥暴：蒲木反，下同。显露。舜为天人所受，是因舜之
行与事，而示之以与之之意也。

⑦治，去声。

⑧相，去声。

⑨南河，在冀州之南，其南即豫州也。

⑩朝，音潮。

⑪讼狱，谓狱不决而讼之也。

⑫夫，音扶。

⑬自，从也。天无形，其视听皆从于民之视听，民之归
舜如此，则天与之可知矣。

【译文】

万章问道："尧把天下送给舜，有这么回事吗？"

孟子回答说："没有的事！天子是不能够把天下送给人的。"

万章接着问："但是舜的确拥有了天下，谁授予他的呢？"

孟子说："是天授予舜的。"

万章又问："是天授予给舜的话，那（授予的时候）天热诚认真地告诫过舜吗？"

孟子说："不。天是不说话的，只是通过行为和具体工作表现出来罢了。"

万章又说："是怎样地通过行为和具体工作表现出来呢？"

孟子说："天子可以向天推荐人，但不能命令天把天下授予这个人；诸侯有权利向天子推荐人，但不能命令天子分封这个人为诸侯；大夫能够向诸侯推荐人，但不能强求诸侯任命这个人担任大夫的职位。从前，尧向天推荐舜，天接受了；再把舜介绍给老百姓，广大老百姓也接受了。所以说，天不说话，而通过行为和具体的工作来表现（它的意志）。"

万章又说道："请问，您所说的推荐给天，天接受了；公开介绍给老百姓，老百姓也接受了，具体是怎么回事呢？"

孟子说："（具体做法就是）让他主持祭祀，所有的神明都来享用，这就表示天接受了；让他处理政务，各项工作都开展得很好，人民群众很拥护他，这就标志着人民群众接受了。（可见天下只有）天有权授予，人民群众有权授予，所以说，天子是不能把天下授予人的。舜辅佐尧治理天下有二十八年，这不是凭某一个人的意志所能做到的，而是天意。尧帝去世以后，三年服丧期满，（为了让尧的儿子继承他的地位，）舜就避开尧的儿子，躲到南河的南边去了。（但即便如此，）普天下的诸侯去朝见天子的，不到尧的儿子那儿却去舜那儿；打官司的，不到尧的儿子那里而去舜那儿；歌颂的人，也不歌颂尧的儿子却歌颂舜。所以说，（舜得天下）是上天的意志。这样，舜才回到首都，坐上天子的宝座。（如果舜不是上述那种情况下登的位，）而是自己先住进尧的宫室里去，逼迫尧的儿子让位，这就是篡权了，而不是上天授予的。《太誓》上说过：'上天的眼睛实质上就是老百姓的眼睛，上天的耳朵实质上就是老百姓的耳朵。'正是这个意思。"

第六章

【原文】

万章问曰："人有言'至于禹而德衰，不传于贤而传于子'，有诸？"孟子曰："否，不然也。天与贤则与贤；天与子，则与子。昔者舜荐禹于天，十有七年，舜崩，三年之丧毕，禹避舜之子于阳城，天下之民从之，若尧崩之后，不从尧之子而从舜也。禹荐益于天，七年，禹崩，三年之丧

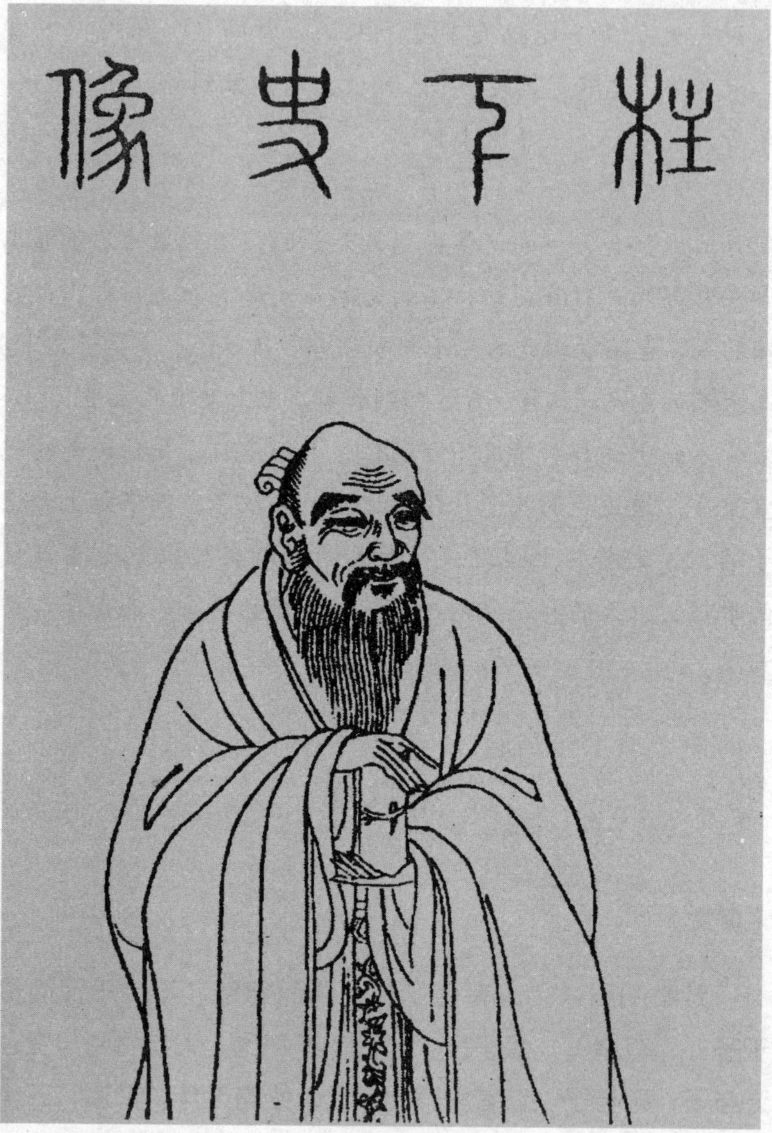

老子像

毕，益避禹之子于箕山之阴，朝觐讼狱者，不之益而之启，曰：‘吾君之子也。’讴歌者，不讴歌益而讴歌启，曰：‘吾君之子也。[1]’丹朱之不肖，舜之子亦不肖。舜之相尧、禹之相舜也，历年多，施泽于民久。启贤，能敬承继禹之道。益之相禹也，历年少，施泽于民未久。舜、禹、益相去久远，其子之贤不肖，皆天也，非人之所能为也。莫之为而为者，天也；莫之致而至者，命也[2]。匹夫而有天下者，德必若舜、禹，而又有天子荐之者，故仲尼不有天下[3]。继世以有天下，天之所废，必若桀、纣者也，故益、伊尹、周公不有天下[4]。伊尹相汤以王[5]于天下，汤崩，太丁未立，外丙二年，仲壬四年。太甲[6]颠覆[7]汤之典刑[8]，伊尹放之于桐[9]。三年，太甲悔过，自怨自艾[10]，于桐处仁迁义，三年，以听伊尹之训己也，复归于亳。[11]周公之不有天下，犹益之于夏，伊尹之于殷也。[12]孔子曰："唐、虞禅，夏后、殷、周继，其义一也。[13]"

【注释】

①阳城，箕山之阴，皆嵩山下深谷中可藏处。朝，音潮。启，禹之子也。杨氏曰："此语孟子必有所受，然不可考矣。但云天与贤则与贤，天与子则与子，可以见尧、舜、禹之心，皆无一毫私意也。"

②"之相"之相，去声。"相去"之相，如字。尧、舜之子皆不肖，而舜、禹之为相久，此尧、舜之子所以不有天下而舜、禹有天下也。禹之子贤，而益相不久，此启所以有天下而益不有天下也。然此皆非人力所为而自为，非人力所致而自至者。盖以理言之谓之天，自人言之谓之命，其实则

一而已。

③孟子因禹、益之事，历举此下两条以推明之，言仲尼之德虽无愧于舜、禹，而无天子荐之者，故不有天下。

④继世而有天下者，其先世皆有大功德于民，故必有大恶如桀、纣，则天乃废之。如启及太甲、成王，虽不及益、伊尹、周公之贤圣，但能嗣守先业，则天亦不废之。故益、伊尹、周公虽有舜、禹之德，而亦不有天下。

⑤相、王，皆去声。此承上文言伊尹不有天下之事。

⑥赵氏曰："太丁，汤之太子，未立而死。外丙立二年，仲壬立四年，皆太丁弟也。太甲，太丁子也。"程子曰："古人谓岁为年。汤崩时，外丙方二岁，仲壬方四岁，惟太甲差长，故立之也。"二说未知孰是。

⑦颠覆，坏乱也。

⑧典刑，常法也。

⑨桐，汤墓所在。

⑩艾，音乂，治也。治也。《说文》云"芟草也"，盖斩绝自新之意。

⑪亳，商所都也。

⑫此复言周公所以不有天下之意。

⑬擅，音擅。授也。

【译文】

万章问道："人们说到了禹时道德就衰败了，天下不传给贤人而传给儿子。有这回事吗？"

孟子说："不对，不是这样的。上天把天下给贤人就给贤人，上天把天下给儿子就给儿子。过去舜向上天推荐禹，过了十七年，舜去世了，三年服丧结束，禹到阳城回避舜的儿子，天下的民众跟随他，如同尧去世后不跟随尧的儿子而跟随舜一样。禹向上天推荐益，过了七年，禹去世了，三年服丧结束，益到箕山之北回避禹的儿子，朝见、诉讼的人不去见益而去见启，说'是我们君主的儿子'；歌颂的人不歌颂益而歌颂启，说'是我们君主的儿子'。尧的儿子丹朱品行不好，舜的儿子也品行不好，舜辅佐尧、禹辅佐舜经历年岁多，给予民众恩惠很长久；启很贤明，能虔诚地继承禹的德行，益辅佐禹经历年岁少，给予民众恩惠不长久。舜、禹、益相隔年岁的长短、他们儿子的贤明或品行不好，是天意，不是人力所能左右的。没有人叫他们做的却做到了是天意，没有人给予他们的却得到了是命运。一介平民得以拥有天下的人，德行必定如舜、禹一样，而且还要有天子推荐他，所以孔子没能拥有天下。继承祖先而拥有天下的，上天所废弃的必定是如同桀、纣那样的人，所以益、伊尹、周公没能拥有天下。伊尹辅佐成汤称王天下，成汤去世了，太丁还没继位就死了，外丙在位二年，仲壬在位四年。太甲破坏了成汤的法度，伊尹把他放逐到桐邑，过了三年，太甲悔悟了过错，怨恨自己、改正自己，在桐邑的三年，他安心于仁、以义来改变行为，听从伊尹训导自己，终于重新回到了亳都。周公没能拥有天下，犹如益在夏代、伊尹在殷代一样。孔子说：'陶唐氏、有虞氏禅让，夏、殷、周三代继位，他们的道理是一样的。'"

第七章

【原文】

万章问曰："人有言'伊尹以割烹要①汤'②，有诸？"孟子曰："否，不然。伊尹耕于有莘③之野，而乐尧舜之道④焉。非其义也，非其道也，禄之以天下，弗顾也，系马千驷，弗视也；非其义也，非其道也，一介不以与人，一介不以取诸人⑤。汤使人以币聘之。嚣嚣⑥然曰：'我何以汤之聘币为哉？我岂若处畎亩之中，由是以乐尧、舜之道哉？'汤三使往聘之，既而幡然⑦改曰：'与我处畎亩之中，由是以乐尧、舜之道，吾岂若使是君为尧、舜之君哉？吾岂若使是民为尧、舜之民哉？吾岂若于吾身亲见之⑧哉？天之生此民也，使先知觉后知，使先觉觉后觉也。予天民之先觉者也，予将以斯道觉斯民也，非予觉之而谁也？⑨'思天下之民，匹夫匹妇有不被尧、舜之泽者，若己推而内之沟中。其自任以天下之重如此⑩，故就汤而说之以伐夏救民⑪。吾未闻枉己而正人者也，况辱己以正天下者乎⑫？圣人之行不同也，或远或近，或去或不去，归洁其身而已矣⑬。吾闻其以尧、舜之道要汤，未闻以割烹也⑭。《伊训》⑮曰：'天诛造攻自牧宫，朕载自亳。'⑯"

【注释】

①要，平声，求也。下同。

②按《史记》："伊尹欲行道以致君而无由，乃为有莘氏之媵臣，负鼎俎以滋味说汤，致于王道。"盖战国时有为此说者。

③莘，国名。

④乐，音洛。乐尧、舜之道者，诵其诗，读其书，而欣慕爱乐之也。

⑤驷，四匹也。介，与草芥之"芥"同，言其辞受取与，无大无细，一以道义而不苟也。

⑥嚣，五高反，又户骄反。嚣嚣，无欲自得之貌。

⑦幡然，变动之貌。

⑧"于吾身亲见之"，言于我之身，亲见其道之行，不徒诵说向慕之而已也。

⑨此亦伊尹之言也。知，谓识其事之所当然。觉，谓悟其理之所以然。觉后知后觉，如呼寐者而使之寤也。言天使者，天理当然，若使之也。程子曰："予天民之先觉，谓我乃天生此民中，尽得民道而先觉者也。既为先觉之民，岂可不觉其未觉者？及彼之觉，亦非分我所有以予之也，皆彼自有此理，我但能觉之而已。

⑩推，吐回反。内，音纳。《书》曰："昔先正保衡作我先王，曰：'予弗克俾厥后为尧、舜，其心愧耻，若挞于市。'一夫不获，则曰'时予之辜'。"孟子之言，盖取诸此。

⑪说，音税。是时夏桀无道，暴虐其民，故欲使汤伐夏以救之。徐氏曰："伊尹乐尧、舜之道，尧、舜揖逊，而伊尹说汤以伐夏者，时之不同，义则一也。"

⑫辱己甚于枉己，正天下难于正人，若伊尹以割烹要汤，

辱己甚矣，何以正天下乎？

⑬行，去声。远，谓隐遁也。近，谓仕近君也。言圣人之行虽不必同，然其要归，在洁其身而已，伊尹岂肯以割烹要汤哉？

⑭林氏曰："以尧、舜之道要汤者，非实以是要之也，道在此而汤之聘自来耳，犹子贡言夫子之求之，异乎人之求之也。"愚谓此语亦犹前章所论父不得而子之意。

⑮《伊训》，《商书》篇名，孟子引以证伐夏救民之事也。

⑯今《书》"牧宫"作"鸣条"。造、载，皆始也。伊尹言始攻桀无道，由我始其事于亳也。

【译文】

万章问："有人说：'伊尹用给汤当厨师的办法去求汤。'有这样的事吗？"

孟子回答说："没有，不是这样的。伊尹在莘国的郊野耕种，而以尧舜之道为乐事。如果不合乎义，不合乎道，即使把天下的财富都作为俸禄给他，他也不回头看一下；即使把4000匹好马系在那里，他也不望一下。如果不合乎义，不合乎道，他一小点也不给别人，也不向别人索取一小点。汤曾经派人带着礼物去聘请他，他一点都不在意地说：'我凭什么要接受汤的这个礼物呢？我为什么不住在田野之中，以尧舜之道为乐事呢？'汤多次派人去聘请他，他改变了原先的态度说：'我与其住在田野之中，以尧舜之道为乐事，不如使现在的君主去做尧舜一样的君主呢！不如使现在的百姓去做尧舜时代一样的百姓呢！我为什么不让自己亲眼看到它呢？上天生育百姓，是要让先知者启发后知者，先觉者引导后觉者。我是百姓中的先觉者；我要用这个尧舜之道去启发引导后觉者。不是我去启发引导他们，还有谁去呢？'伊尹是这样想的，天下的百姓如果有一个男子或一个妇女没有受到尧舜的恩泽，就好像自己把他们推到深沟里一样。他就是这样地把天下重担挑在自己身上，所以到了汤那里，说服汤去讨伐夏桀拯救百姓。我从来没有听说过自己行为不正而能够匡正别人的，更何况是先使自己遭受侮辱却能够匡正天下的呢？圣人的行为各有不同，有的疏远君主，有的亲近君主；有的离开朝廷，有的在朝做官；归根到底，是要保持自身清白干净罢了。我只听说伊尹是请求汤实行尧舜之道，没有听说他要给汤当厨师切肉做菜的事。《伊训》说：'天上的讨伐是在夏桀的宫室里由他自己造成的，我只不过从殷都亳邑开始打算罢了'。"

第八章

【原文】

万章问曰："或谓孔子于卫主^①痈疽，于齐主侍人瘠环^②，有诸乎？"孟子曰："否，不然也。好事^③者为之也。于卫主颜雠由^④。弥子^⑤之妻，与子路之妻兄弟也。弥子谓子路曰：'孔子主我，卫卿可得也。'子路以告，孔子曰'有命。'孔子进以礼，退以义，得之不得曰'有命'⑥。而主痈疽与侍人瘠环，是无义无命也。孔子不悦于鲁、卫⑦，遭宋桓司马⑧，将要⑨而杀之，微服而过宋。是时孔子当厄，主司城贞子，为陈侯周臣⑩。"吾闻观近臣，以其所为主；观远臣，以其所主。若孔子主痈疽与侍人瘠环，何以为孔子？⑪"

【注释】

①主，谓舍于其家，以之为主人也。

②痈，於容反。疽，七余反。痈疽，疡医也。侍人，奄人了。瘠，姓；环，名。皆时君所近狎之人也。

③好，去声。好事，谓喜造言生事之人也。

④雎，如字，又音睢。颜雎由，卫之贤大夫也，《史记》作颜浊邹。

⑤弥子，卫灵公幸臣弥子瑕也。

⑥徐氏曰："礼主于辞逊，故进以礼；义主于制断，故退以义。难进而易退者也。在我者，有礼义而已；得之不得，则有命存焉。"

⑦不悦，不乐居其国也。

⑧桓司马，宋大夫向魋也。

⑨要，阴平。

⑩司城贞子，亦宋大夫之贤者也。陈侯，名周，按《史记》："孔子为鲁司寇，齐人馈女乐以间之，孔子遂行，适卫月余。去卫适宋，司马魋欲杀孔子，孔子去至陈，主于司城贞子。"孟子言孔子虽当厄难，然犹择所主，况在齐卫无事之时，岂有主痈疽、侍人之事乎？

⑪近臣，在朝之臣；远臣，远方来仕者。君子、小人，各从其类，故观其所为主与其所主者，而其人可知。

【译文】

万章问："有人说孔子在卫国住在卫灵公宠幸的宦官痈疽家里，在齐国也住在宦官瘠环家里，有这样的事吗？"

孟子回答说："没有，不是这样的。这是造谣的人散布出来的。孔子在卫国，住在颜雠由家中。弥子瑕的妻子和子路的妻子是姊妹。弥子瑕对子路说：'孔子住在我家中，可以得到卫国卿相的官职。'子路把这话告诉了孔子。孔子说：'听命运安排好了。'孔子按照礼仪而进，根据道义而退，无论得到官职还是没有得到官职都说命运安排。如果他住在痈疽和宦官瘠环家里，那就是无视礼仪和道义，不顾命运了。孔子在鲁国和卫国时不得志，又碰到宋国的司马桓准备拦截他并将他杀死，只得化装悄悄地离开宋国。当时孔子处境很困难，住在司城贞子家中，做了陈侯周的臣子。我听说观察在朝的臣子，看他所招待的客人；观察外来的臣子，看他所寄居的主人。假如孔子真地住在痈疽和宦官瘠环家里，怎么还能算是有德行的孔子呢？"

第九章

【原文】

万章问曰："或曰：'百里奚，自鬻于秦养牲者，五羊之皮，食牛，以要秦穆公。①'信乎？"孟子曰："否，不然。好②事者为之也。百里奚，虞人也。晋人以垂棘之璧与屈产之乘，假道于虞以伐虢。宫之奇谏。百里奚不谏。知虞公之不可谏而去③。之秦，年已七十矣，曾不知以食牛干秦穆公之为污也，可谓智乎？不可谏而不谏，可谓不智乎？知虞公之将亡而先去之，不可谓不智也。时举于秦，知穆公之可与有行也而相④之，可谓不智乎？相秦而显其君于天下，可传于后世，不贤而能之乎？自鬻以成其君，乡党自好⑤者不为，而谓贤者为之乎？"⑥

【注释】

①食，音嗣。百里奚，虞之贤臣。人言其自卖于秦养牲者之家，得五羊之皮而为之食牛，因以干秦穆公也。鬻，音玉，卖。

②好，去声，下同。

③虞、虢（guó），皆国名。垂棘之璧，垂棘之地所出之璧也。屈产之乘，屈地所生之良马也。乘，四匹也。晋欲伐虢，道经于虞，故以此物借道，其实欲并取虞。宫之奇，亦虞之贤臣，谏虞公令勿许，虞公不用，遂为晋所灭。百里奚知其不

子敖不豫

可谏，故不谏而去之。

④相，去声。

⑤自好，自爱其身之人也。

⑥孟子言：百里奚之智如此，必知食牛以干主之为污；其贤又如此，必不肯自粥以成其君也。然此事当孟子时，已无所据。孟子直以事理反复推之，而知其必不然耳。

【译文】

万章问道："有人说：'百里奚把自己卖到秦国养牲口的人家，价钱是五张羊皮。用喂牛的机会去求秦穆公。'真有这事吗？"

孟子说："不是这样的。这是喜欢造谣的人编造的。百里奚是虞国人。晋国用垂棘产的玉璧与屈地产的四匹良马，借道于虞国去讨伐虢国。宫之奇劝谏，但百里奚没有劝谏，知道虞君劝不好干脆就离开了虞国。到了秦国，百里奚已经七十岁了，如果不知道靠喂牛去求秦穆公是低下的事，能说是聪明么？不能劝谏就不劝谏，能说不聪明么？知道虞国将要灭亡而提早离开，不能说是不聪明。在秦国被人举荐，知道穆公可以有大的作为就辅佐他，能说不聪明么？在秦国做国相能让君王显名声于天下，并流传到后世，不贤能的人能做到么？把自己卖掉去成就他的君主，就是乡下普通洁身自好的人也不干，你说贤者能去干什么？"

万章下

第一章

【原文】

　　孟子曰："伯夷目不视恶色，耳不听恶声。非其君不事，非其民不使；治①则进，乱则退。横②政之所出，横民之所止，不忍居也。思与乡人处，如以朝衣朝冠坐于涂炭也。③当纣之时，居北海之滨，以待天下之清也。故闻伯夷之风者，顽夫廉，懦夫有立志。④伊尹曰：'何事非君？何使非民？'治亦进，乱亦进。曰：'天之生斯民也，使先知觉后知，使先觉觉后觉。予天民之先觉者也，予将以此道觉此民也。'思天下之民，匹夫匹妇有不与被尧舜之泽者，⑤若己推而内之沟中，其自任以天下之重也。柳下惠不羞污君，不辞小官。进不隐贤。必以其道，遗佚而不怨，厄穷而不悯。与乡人处，由由然不忍去也。'尔为尔，我为我，虽袒裼裸裎于我侧，尔焉能浼我哉？'故闻柳下惠之风者，鄙夫宽，薄夫敦。⑥孔子之去齐，接淅而行；去鲁，曰：'迟迟吾行也，去父母国之道也。'可以速而速，可以久而久，可以处而处，可以仕而仕：孔子也。""孟子曰：'伯夷，圣之清者也；伊尹，圣之任者也；柳下惠，圣之和者也；孔子，圣之时者也。'孔子之谓集大成。集大成也者，金声而玉振之也。金声也者，始条理也；玉振之也者，终条理也。始条理者，智之事也；终条理者，圣之事也。智，譬则巧也；圣，譬则力也。由射于百步之外也，其至，尔力也；其中，非尔力也。"

【注释】

①治，去声，下同。

②横，去声。谓不循法度。

③朝，音潮。

④顽者，无知觉。廉者，有分辨。懦，柔弱也。馀并见前篇。

⑤与，音预。"何事非君"，言所事即君。"何使非民"，言所使即民。无不可事之君，无不可使之民也。馀见前篇。

⑥鄙，狭陋也。敦，厚也。

【译文】

孟子说："伯夷的眼睛不看不好的事物，耳朵不听不好的声音。不是理想的君主不去侍奉；不是理想的百姓不去使唤。天下太平就出来做官，天下混乱就退隐。凡施行暴政的国家，住有暴民的地方，他都不愿意去住。他以为和乡下人处在一起，好像穿戴着上朝的衣冠，坐在污泥和炭灰上一样。在商纣的时候，他住在北海边，等待天下的清平。所以听说伯夷的风范后，贪婪的人会廉洁，懦弱的人会立志。

"伊尹说，'哪样的君主不能侍奉？哪样的百姓不可使唤？'社会太平也出来做官，社会混乱也出来做官。他还说，'老天爷生下这些百姓，就是要先知先觉的人来开导后知后觉的人。我就是这些人中的先觉者，我要以尧舜之道来开导他们。'他这样想，在天下百姓中，只要有一个男子或一个女子没有沾润尧舜之道的好处，就像是自己把他们推到山沟里一样。这就是他把天下的重任主动担在肩上的精神。

"柳下惠不把侍奉恶君当作羞耻，也不因为官小而辞职。立于朝廷，不隐藏自己的才能，但一定按原则办事。自己被遗弃，也不怨恨；身处困境，也不忧愁。同乡下人相处，高高兴兴的，不忍离开。他说：'你是你，我是我，你即使在我身边赤身裸体，又怎能玷污我呢！'所以听到柳下惠风范后，胸襟狭窄的人也宽大起来，刻薄的人也厚道起来。

"孔子离开齐国，不等把米淘完，沥干就走；离开鲁国时，孔子却说：'我们慢慢走吧。'这是离开父母之邦该有的态度。该马上走就马上走，该留下来就留下来，该隐退就隐退，该做官就做官，这便是孔子。"

孟子又说："伯夷是圣人中的清高者，伊尹是圣人中负责任者，柳下惠是圣人中的随和者，孔子是圣人中的识时务者。孔子，可以称他为集大成者。'集大成'的意思，就像奏乐，先敲钟，是乐章节奏的开始，然后用特磬来给乐章收尾。条理的开始在于智，条理的终结在于圣。智好比技巧，圣好比气力。犹如在百步之外射箭，射到，是靠你的力气，射中，却不是你的力气（而是凭你的技巧）。"

第二章

【原文】

北宫锜①问曰："周室班②爵禄也，如之何？"孟子曰："其详不可得闻也。诸侯恶其害己也③，而皆去④其籍。然而轲也，尝闻其略也。"天子一位，公一位，侯一位，伯一位，子男同一位，凡五等也。君一位，卿一位，大夫一位、上士一位，中士一位，下士一位，凡六等⑤。天子之制，地方千里⑥，公侯皆方百里；伯七十里；子男五十里：凡四等。不能五十里，不达于天子。附于诸侯，日附庸⑦。天子之卿，受地视侯，大夫授地视伯，元士受地视子、男⑧。大国地方百里，君十卿禄，卿禄四大夫，大夫倍上士，上士倍中士，中士倍下士，下士与庶人在官者同禄⑨，禄足以代其耕也⑩。次国地方七十里，君十卿禄⑪，卿禄三⑫大夫，大夫倍上士，上士倍中士，中士倍下士，下士与庶人在官者同禄，禄足以代其耕也。小国地方五十里，君十卿禄⑬，卿禄二⑭大夫，大夫倍上士，上士倍中士，中士倍下士，下士与庶人在官者同禄，禄足以代其耕也。耕者之所获，一夫百亩。百亩之粪，上农夫食九人，上次食八人，中食七人，中次食六人，下食五人，庶人在官者，其禄以是为差。⑮"

【注释】

①北宫，姓。锜，名，鱼绮反。卫人。

②班，列也。

③恶，去声。当时诸侯兼并僭窃，故恶周制妨害己之所为也。

④去，上声。

⑤此班爵之制也。五等通于天下，六等施于国中。

⑥此以下，班禄之制也。

⑦不能，犹不足也。小国之地，不足五十里者，不能自达于天子。因大国以姓名通，谓之附庸，若春秋邾仪父之类是也。

⑧视，比也。元士，上士也。徐氏曰："王畿之内，亦制都鄙受地也。"

⑨十，十倍之也。四，四倍之也。倍，加一倍也。

⑩愚按：君以下所食之禄，皆助法之公田，藉农夫之力以耕而收其租。士之无田与庶人在官者，则但受禄于官，如田之入而已。

⑪徐氏曰："次国君田二万四千亩，可食二千一百六十人；卿田二千四百亩，可食二百十六人。"

⑫三，谓三倍之也。

⑬徐氏曰："小国君田一万六千亩，可食千四百四十人；卿田一千六百亩，可食百四十四人。"

⑭二，即倍也。

⑮获，得也。食，音嗣。一夫一妇，佃田百亩，加之以粪，粪多而力勤者为上农，其所收可供九人；其次用力不齐，故有此五等。庶人在官者，其受禄不同，亦有此五等也。

【译文】

北宫锜问道："周朝制定的官爵和俸禄的等级制度，是怎样的？"

孟子答道："详细情况已经不能知道了，因为诸侯都厌恶那种制度不利于自己，把有关的文献都毁掉了。但是我也曾听到一些。天子为一级，公为一级，侯为一级，伯为一级，子和男同为一级，共分五级。君为一级，卿为一级，大夫为一级，上士为一级，中士为一级，下士为一级，共分六级。天子直接管理的土地方圆千里，公和侯各方圆百里，伯七十里，子和男各五十里，一共四级。土地不够方圆五十里的国家，不能直接与天子联系，而附属于诸侯，叫做附庸。天子的卿所受的封地相当于侯，大夫所受的封地相当于伯，元士所受的封地相当于子、男。大国的土地方圆百里，国君的俸禄是卿的十倍，卿是大夫的四倍，大夫倍于上士，上士倍于中士，中士倍于下士，下士的俸禄与百姓中当官的相同，所得的俸禄也足以抵上他们耕种所得的收入。中等国家的土地方圆七十里，国君的俸禄是卿的十倍，卿是大夫的三倍，大夫倍于上士，上士倍于中士，中士倍于下士，下士的俸禄与百姓中当官的相同，所得的俸禄也足以抵上他们耕种所得的收入。小国的土地方圆五十里，国君的俸禄是卿的十倍，卿是大夫的二倍，大夫倍于上士，上士倍于下士，下士的俸禄与百姓中当官的相同，所得的俸禄也足以抵上他们耕种所得的收入。耕种的收获，一夫一妇分田百亩。百亩土地施肥耕种，上等的农夫可养活九个人，其次的养活八个人，中等的养活七个人，其次的养活六个人，下等的养活五个人。普通百姓当官差的，他们的俸禄也照此分等级。"

第三章

【原文】

万章问曰："敢问友。"孟子曰："不挟①长，不挟贵，不挟兄弟而友。友也者，友其德也，不可以有挟也。孟献子②，百乘③之家也。有友五人焉：乐正裘，牧仲，其三人，则予忘之矣。献子之与此五人者友也，无献子之家者也；此五人者，亦有献子之家，则不与之友矣④。非惟百乘之家为然也，虽小国之君亦有之。费惠公⑤曰：'吾于子思，则师⑥之矣；吾于颜般⑦，则友⑧之矣；王顺、长息，则事我者⑨也。'非惟小国之君为然也，虽大国之君亦有之。晋平公之于亥唐也，入云则入，坐云则坐，食云则食。虽疏食菜羹，未尝不饱，盖不敢不饱也，然终于此而已矣，弗与共天位也，弗与治天职也，弗与食天禄也。士之尊贤者也，非王公之尊贤也⑩。舜尚见帝⑪，帝馆甥于贰室，亦飨舜⑫，迭为宾主，是天子而友匹夫也。用下敬上，谓之贵贵；用上敬下，谓之尊贤。贵贵、尊贤，其义一也。[13]"

【注释】

①挟者，兼有而恃之之称。

②孟献子，鲁之贤大夫仲孙蔑也。

③乘，去声，下同。

④张子曰："献子忘其势，五人者忘人之势。不资其势而利其有，然后能忘人之势。若五人者有献子之家，则反为献子之所贱矣。"

⑤费，音毕。惠公，费邑之君也。

⑥师，所尊也。

⑦般，音班。

⑧友，所敬也。

⑨事我者，所使也。

⑩亥唐，晋贤人也。平公造之，唐言"入"，公乃入；言"坐"，乃坐，言"食"，乃食也。"疏食"，之食，音嗣。疏食，粝饭也。不敢不饱，敬贤者之命也。范氏曰："位曰'天位'，职曰'天职'，禄曰'天禄'，言天所以待贤人，使治天民，非人君所得专者也。"平公、王公下，诸本多无"之"字，疑阙文也。

⑪尚，上也，舜上而见于帝尧也。

⑫馆，舍也。礼，妻父曰外舅，谓我舅者吾谓之甥。尧以女妻舜，故谓之甥。贰室，副宫也。尧舍舜于副宫，而就飨其食。

⑬贵贵、尊贤，皆事之宜者。然当时但知贵贵，而不知

尊贤，故孟子曰“其义一也”。此言朋友人伦之一，所以辅仁。故以天子友匹夫而不为诎，以匹夫友天子而不为僭。此尧、舜所以为人伦之至，而孟子言必称之也。

【译文】

万章问道：“请问交朋友的原则。”孟子答道：“交朋友不要倚仗自己年纪大，不要倚仗自己地位高，不要倚仗自己兄弟的富贵。所谓交朋友，正是看中了对方的品德，因此绝不能有所倚仗。孟献子是位具有一百辆车马的大夫，他有五位朋友：乐正裘，牧仲，其余三位，我忘记了。献子同这五位相交，他心目中并不存有自己是大夫的观念。这五位，如果也存在着献子是位大夫的观念，也就不会同他交友了。不单单是有一百辆车马的大夫这样，就是小国的君主也有朋友。费惠公说。‘我对子思，则以他为老师；对于颜般，则以他为朋友；至于王顺和长息，那不过是替我工作的人罢了。’不单单小国的君主是这样，就是大国之君也有朋友。晋平公的对于亥唐，亥唐叫他进去，便进去；叫他坐，便坐；叫他吃饭，便吃饭。纵使糙米饭蔬菜汤，不曾不饱，因为不敢不饱。然而晋平公也只是做到这一点罢了。不同他一起共有官位，不同他一起治理政事，不同他一起享受俸禄，这只是一般士人尊敬贤者的态度，不是王公尊敬贤者所应有的态度。舜谒见尧，尧请他这位女婿住在另一处官邸中，也请他吃饭，（舜有时也作东道，）互为客人和主人，这是天子同老百姓交友的范例。以职位卑下的人尊敬高贵的人，叫做尊重贵人；以高贵的人尊敬职位卑下的人，叫做尊敬贤者。

尊重贵人和尊敬贤者，道理是相同的。”

第四章

【原文】

万章问曰：“敢问交际①何心也？”孟子曰：“恭也。”曰：“却之却之为不恭，何哉②？”曰：“尊者赐之，曰：‘其所取之者，义乎，不义乎？’而后受之，以是为不恭，故弗却也。③”曰：“请无以辞却之，以心却之，曰：‘其取诸民之不义也，’而以他辞无受，不可乎④？”曰：“其交也以道⑤，其接也以礼⑥，斯孔子受之⑦矣。”万章曰：“今有御人于国门之外⑧者，其交也以道，其馈也以礼，斯可受御与⑨？”曰：“不可。《康诰》⑩曰：‘杀越人于货，闵不畏死，凡民罔不譈。’是不待教而诛者也。殷受夏，周受殷，所不辞也；于今为烈，如之何其受之⑪？”曰：“今之诸侯取之于民也，犹御也。苟善其礼际矣，斯君子受之。敢问何说也？”曰：“子以为有王者作，将比⑫今之诸侯而诛之乎？其教之不改而后诛之乎？夫⑬谓非其有而取之者盗也，充类至义之尽也（充类至尽之义也）。孔子之仕于鲁也，鲁人猎较，孔子亦猎较⑭。猎较犹可，而况受其赐乎？⑮”曰：“然则孔子之仕也，非事道与？”曰：“事道也。⑯”“事道奚猎较也？⑰”曰：“孔子先簿正祭器，不以四方之食供簿正⑱。”曰：“奚不去也？”曰：“为之兆也。兆足以行矣。而不仁，而后去。是以未尝有所终三年淹也⑲。孔子有见行

南朝诗人谢灵运像

可⑳之仕，有际可㉑之仕，有公养㉒之仕。于季桓子㉓，见行可之仕也；于卫灵公㉔，际可之仕也；于卫孝公㉕，公养之仕也。㉖"

【注释】

①际，接也。交际，谓人以礼仪币帛相交接也。

②却，不受而还之也。再言之，未详。万章疑交际之间有所却者，人便以为不恭，何哉？

③孟子言：尊者之赐，而心窃计其所以得此物者，未知合义与否。必其合义，然后可受；不然，则却之矣。所以却之为不恭也。

④万章以为彼既得之不义，则其馈不可受，但无以言语间而却之，直以心度其不义而托于他辞以却之，如此可否邪？

⑤交以道，如馈赆闻戒，周其饥饿之类。

⑥接以礼，谓辞命恭敬之节。

⑦孔子受之，如受阳货烝豚之类也。

⑧御，止也。止人而杀之，且夺其货也。国门之外，无人之处也。

⑨与，阴平，万章以为苟不问其物之所从来，而但观其交接之礼，则设有御人者，用其御得之货，以礼馈我，则可受之乎？

⑩康诰，《周书》篇名。

⑪今《书》闵作"愍"，无"凡民"二字。"殷受"至"为烈"十四字，语意不伦。李氏以为此必有断简或阙文者，

近之。而愚意其直为衍字耳。然不可考，姑阙之可也。越，颠越也。谦，《书》作"憝"徒对反。怨也。言杀人而颠越之，因取其货，闵然不知畏死，凡民无不怨之。孟子言此乃不待教戒而当即诛者也。如何而可受之乎？

⑫比，去声。连也。

⑬夫，音扶。

⑭较，音角。"猎较"，未详，赵氏以为田猎相较，夺禽兽以祭。孔子不违，所以小同于俗也。张氏以为猎而较所获之多少也。二说未知孰是。

⑮言今诸侯之取于民，固多不义。然有王者起，必不连合而尽诛之，必教之不改而后诛之。则其与御人之盗，不待教而诛者不同矣。夫御人于国门之外，与非其有而取之，二者固皆不义之类，然必御人乃为真盗，其谓非有而取为盗者，乃推其类；至于义之至精至密之处而极言之耳，非便以为真盗也。然则今之诸侯，虽曰取非其有，而岂可遽以同于御人之盗也哉？又引孔子之事，以明世俗所尚，犹或可从，况受其赐，何为不可乎？

⑯此因孔子事而反复辩论也。事道者，以行道为事也。与，阴平。

⑰"事道奚猎较也"，万章问也。

⑱"先簿正祭器"，未详。徐氏曰："先以簿书正其祭器，使有定数，不以四方难继之物实之。夫器有常数，实有常品，则其本正矣。彼猎较者，将久而自废矣。"未知是否也。

⑲兆，犹卜之兆，盖事之端也。孔子所以不去者，亦欲

小试行道之端，以示于人。使知吾道之果可行也。若其端既可行，而人不能遂行之，然后不得已而必去之。盖其去虽不轻，而亦未尝不决，是以未尝终三年留于一国也。

⑳"见行可"，见其道之可行也。

㉑"际可"，接遇以礼也。

㉒"公养"，国君养贤之礼也。

㉓季桓子，鲁卿季孙斯也。

㉔卫灵公，卫侯元也。

㉕孝公，《春秋》《史记》皆无之，疑出公辄也。

㉖因孔子仕鲁，而言其仕有此三者。故于鲁则兆足以行矣而不行然后去，而于卫之事，则又受其交际问馈而不却之一验也。尹氏曰："不闻孟子之义，则自好者为於陵仲子而已。圣贤辞受进退，惟义所在。"

【译文】

万章问道："请问与人交际的时候，应该抱着什么思想？"

孟子说："应该出以恭敬之心。"

万章又问："（人家常说，）'老是拒绝接受别人赠送的礼物便是不恭敬'，这是什么意思呢？"

孟子说："要是一位有地位的人赠送东西，自己先这么考虑道，'他取得这些东西是合乎义呢，还是不合于义呢？'然后才接受，因为这样做是不恭敬，所以就不拒绝接受了。"

万章说："请不要用语言去拒绝，而在心里拒绝他，心想，'他的赠物是取之于民的不义之财'，然后用别的借口不接受他的，这样做难道不可以吗？”

孟子说：“他以正道来相交往，以礼节来相接触，这样就是孔子也是会接受他赠送的礼物的。”

万章说：“假如现在有人在京都郊野截杀行人，（抢劫财物，）他也以正道来相交往，以礼节来有所馈赠，这样难道还可以接受他那抢来的横财不成？”

孟子说：“不可以。《康诰》中曾经这样说，‘杀害行人，劫夺财物，一味强横，一点也不怕死，（对于这种人，）所有百姓没有不恨之入骨的。’这种人不必等待先进行教育就可以诛杀他。殷朝继承了夏朝这条法规，周朝又继承了殷朝这条法规，这是它们所不愿更改的；现在这种杀人抢劫财物的行为就更是厉害了，怎么能接受这种馈赠呢？”

万章说：“现在的诸侯从百姓那里榨取血汗，跟强盗杀人劫物的行径差不多。如果他们把相交往的礼节表演得很出色，这样君子就可以接受他们的馈赠，请问这又该怎样解释呢？”

孟子说：“你以为有圣王兴起，会将现在的诸侯不问青红皂白一股脑儿全部诛杀呢？还是先教育他们，如果再不悔改然后再诛杀呢？（人们）说不是他所应该有的东西却要去取它到手是盗贼的行径，那只是扩充它的意义，提高到最高原则上来说的，（并不是把他就看作是真的盗贼。）孔子在鲁国做官时，鲁国人开展猎物多少的竞赛活动，孔子也参加这种竞赛活动。参加猎物多少的竞赛活动尚且可以，更何况接受他们赠送的礼物呢？”

万章说：“那么孔子的做官，难道不是为了实现自己的政治主张么？"

孟子说："是为了实现自己的政治主张。"

万章紧接着问道："为了实现政治主张，为什么又要去参加猎物多少的竞赛活动？"

孟子答道："孔子先用文书规定祭器的数目，并且规定不得用四方难以获得的食物来盛在文书规定的祭器中充祭品，（这样，为了获得猎物供祭祀的'猎较'活动久而久之，便会自动废止了。）"

万章又问："（孔子）为什么不离去呢？"

孟子说："（孔子）是要先开个头，（试行一下自己的政治主张，）如果这个开头证明自己的政治主张可以行得通，而主管其事的人君却不肯实行，然后才离去，所以孔子（在他所到过的国家）从来不曾有呆过三年整的。孔子（做官大约有这样三种情况：）有的是看见有行道的可能而做官，有的是因国君对自己能以礼相待而做官，有的则是由于国君能够养贤而做官。对于季桓子，就是看见有行道的可能而做官的；对于卫灵公，就是因国君对自己能以礼相待而做官的；对于卫孝公，则是由于国君能够养贤而做官的。"

第五章

【原文】

孟子曰："仕非为贫也，而有时乎为贫；娶妻非为养也，而有时乎为养①。为贫者，辞尊居卑，辞富居贫②。辞尊居卑，辞富居贫，恶③乎宜乎？抱关击柝④。孔子尝为委吏矣，曰：'会计当而已矣。'尝为乘田矣，曰：'牛羊茁壮，长'而已矣。⑤"位卑而言高，罪也；立乎人之本朝而道不行，耻也。⑥"

【注释】

①为、养，并去声。下同。仕本为行道，而亦有家贫亲老，或道与时违，而但为禄仕者。如娶妻本为继嗣，而亦有为不能亲操井臼，而俗资其馈养者。

②贫富，谓禄之厚薄。盖仕不为道，已非出处之正，故其所处但当如此。

③恶，阴平。

④柝，音拓。行夜所击木也。盖为贫者虽不主于行道，而亦不可以苟禄。故惟抱关击柝之吏，位卑禄薄，其职易称，为所宜居也。李氏曰；"道不行矣，为贫而仕者，此其律令也。若不能然，则是贪位慕禄而已矣。"

⑤委，乌伪反。会，工外反。当，丁浪反。乘，去声。茁，音浊。长，上声。此孔子之为贫而仕者也。委吏，主委积之吏也。乘田，主苑囿刍牧之吏也。茁，肥貌。言以孔子大圣，而尝为贱官不以为辱者，所谓为贫而仕，官卑禄薄，而职易称也。

⑥朝，音潮。以出位为罪，则无以道之贵；以废道为耻，则非窃禄之官。此为贫者之所以必辞尊富而宁处贫贱也。

【译文】

孟子说："做官不是因为贫穷，但有时也因为贫穷；娶妻并非为了孝养，但有时也为了孝养。因为贫穷而做官，就该辞掉高官，居于卑位，拒绝厚禄，领取薄俸。辞掉高官，居于卑位，拒绝厚禄，领取薄俸，那该居于什么合适的位置？做个守门打更的小官就行了。孔子也曾做过管仓库的小吏，说：'收支的数字都对了。'还做过管牲畜的小吏，说：'牛羊都壮实地长大就是了。'职位卑微而高谈国事，这是罪过；在朝廷做官，但自己的治国之道不能实行，这是耻辱。"

第六章

【原文】

万章曰："士之不托①诸侯，何也？"孟子曰："不敢也。诸侯失国，而后托于诸侯，礼也；士之托于诸侯，非礼也。②"万章曰："君馈之粟，则受之乎？"曰："受之。""受之何义也？"曰："君之于氓也，固周之。③"曰："周之则受，赐之则不受，何也？"曰："不敢也。"曰："敢问其不敢何也？"曰："抱关击柝者，皆有常职以食于上；无常职而赐于上者，以为不恭也。④"曰："君馈之，则受之，不识可常继乎？"曰："缪公之于子思也，亟问，亟馈鼎肉，子思不悦。于卒也，摽使者出诸大门之外，北面稽首再拜而不受⑤，曰：

'今而后知君之犬马畜（孔）伋[6]！'盖自是台无馈也[7]。悦贤不能举，又不能养也，可谓悦贤乎？[8]"曰："敢问国君欲养君子，如何斯可谓养矣？"曰："以君命将之，再拜稽首而受。其后廪人继粟，庖人继肉，不以君命将之。子思以为鼎肉使己仆仆尔亟拜也，非养君子之道也[9]。尧之于舜也，使其子九男事之，二女女[10]焉，百官牛羊仓廪备，以养舜于畎亩之中，后举而加诸上位，故曰王公之尊贤者也。[11]"

【注释】

①托，寄也，谓不仕而食其禄也。

②古者诸侯出奔他国，食其廪饩，谓之寄公。士无爵士，不得比诸侯，不仕而食禄，则非礼也。

③周，救也，视其空乏，则周恤之，无常数，君待民之礼也。

④赐，谓予之禄，有常数，君所以待臣之礼也。

⑤亟，去声，下同；数也。鼎肉，熟肉也。卒，末也。摽，音彪。挥去。使，去声。数以君命来馈，当拜受之；非养贤之礼，故不悦，而于其末后复来馈时，麾使者出，拜而辞之。

⑥犬马畜伋，言不以人礼待己也。伋，孔伋，即子思。

⑦台，贱官，主使令者。盖缪公愧悟，自此不复令台来致馈也。

⑧举，用也。能养者未必能用也，况又不能养乎？

⑨初以君命来馈，则当拜受。其后有司各以其职继续所无，不以君命来馈，不使贤者有亟拜之劳也。仆仆，烦

猥貌。

⑩下女字，去声。

⑪能养能举，悦贤之至也。惟尧、舜为能尽之，而后世之所当法也。

【译文】

万章问道："士不投靠诸侯生活，这是为什么？"

孟子说："是不敢这样啊！诸侯失去了自己的国家，而后投奔他国寄托于人，合乎礼制；士寄托于诸侯，不合礼制。"

万章说："君子如果馈送粟粒给他，能接受吗？"

秦王将兵马大权交与王翦

孟子说："可以接受。"

万章问："接受又是什么道理？"

孟子说："君主对来自他国之民，本来可以周济他。"

万章问："周济就接受，赐予就不接受，为什么？"

孟子答："不敢接受。"

万章问：“请问为什么不敢接受？”

孟子答：“守门打更的人都有固定职务，可受上面的给养。没有固定职务而接受上面的赏赐，被认为不恭敬。”

万章问：“君主馈送，便接受，不知能经常这样吗？”

孟子答：“鲁缪公对子思，屡次问候，屡次送熟肉，子思很不舒服。终于，把使者赶出大门外，向北面叩头作揖而拒绝馈送，说：‘我这才领悟君主是把我孔伋当狗马豢养。’大概从这次开始才停止馈送。喜爱贤人而不重用，又不能给以优遇，这能叫做喜爱贤者吗？”

万章说：“请问国君要对君子优遇，怎样才能算〔妥善的〕优遇呢？”

孟子答：“先以君主之命馈送他，他作揖叩头而接受。然后管仓人常送粮食，掌缮者常送肉食，不再用君主之命的名义馈送他。子思认为送块熟肉自己就得没完没了作揖叩拜，不是优遇君子的好办法。尧对于舜，使自己的九个儿子照料他，把两个女儿嫁给他，各种官吏和牛羊、仓库样样齐备，使舜在田野中受优待，后来又提升他担任很高的职位，因此说，这才是王公敬贤的榜样。”

第七章

【原文】

万章曰：“敢问不见诸侯何义也？”孟子曰：“在国曰市

井之臣，在野曰草莽之臣，皆谓庶人。庶人不传质为臣，不敢见于诸侯①，礼也。"万章曰："庶人，召之役，则往役②；君欲见之，召之则不往见③之，何也？"曰："往役，义也；往见，不义也。且君之欲见之也，何为也哉？"曰："为其多闻也，为其贤也。"曰："为其多闻也，则天子不召师，而况诸侯乎？为④其贤也，则吾未闻欲见贤而召之也。缪公亟见于子思，曰：'古千乘⑤之国以友士，何如？'子思不悦，曰：'古之人有言，曰：事之云乎？岂曰友之云乎？'子思之不悦也，岂不曰以位，则子君也，我臣也，何敢与君友也？以德，则子事我者也，奚可以与我友？千乘之君，求与之友，而不可得也，而况可召与⑥？齐景公田，招虞人以旌，不至，将杀之。志士不忘在沟壑，勇士不忘丧⑦其元。孔子奚取焉？取非其招不往也。⑧"曰："敢问招虞人何以？"曰："以皮冠⑨。庶人⑩以旃⑪，士⑫以旂⑬，大夫以旌⑭。以大夫之招招虞人，虞人死不敢往；以士之招招庶人，庶人岂敢往哉？况乎以不贤人之招招贤人乎⑮？欲见贤人而不以其道，犹欲其入而闭之门也。夫⑯义，路也；礼，门也。惟君子能由是路，出入是门也。《诗》⑰云：'周道如底，其直如矢；君子所履，小人所视。'⑱"万章曰："孔子，君命召，不俟驾而行。然则孔子非与⑲？"曰："孔子当仕有官职，而以其官召之也。"⑳

【注释】

①传，通也。质，与贽同。质者，士执雉，庶人执鹜，相见以自通者也。国内莫非君臣，但未仕者与执贽在位之臣不同，故不敢见也。

②往役者，庶人之职。

③不往见者，士之礼。

④为，并去声。

⑤乘、乘，皆去声。

⑥孟子引子思之言而释之，以明不可召之意。召与之"与"，平声。

⑦丧，苏浪反。

⑧说见前篇。

⑨皮冠，田猎之冠也，事见《春秋传》，然则皮冠者，虞人之所有事也，故以是招之。

⑩庶人，未仕之臣。

⑪通帛曰旃。

⑫士，谓已仕者。

⑬交龙为旂。

⑭析羽而注于旗干之首曰旌。

⑮欲见而召之，是不贤人之招也。以士之招招庶人，则不敢往；以不贤人之招招贤人，则不可往矣。

⑯夫，音扶。

⑰诗，《小雅·大东》之篇。

⑱底，与砥同。底，《诗》作"砥"，之履反。砺石也，言其平也。矢，言其直也。视，视以为法也。引此以证上文能由是路之义。

⑲与，平声。

⑳孔子方仕而任职，君以其官名召之，故不俟驾而行。

【译文】

万章问："请讲讲不谒见诸侯，有什么道理？"

孟子回答说："没有官职的人住在城市里叫做市井之臣，住在郊野叫做草莽之臣，都指的是普通百姓。百姓不送见面礼而为臣属，不敢谒见诸侯，这是合乎礼制的。"

万章问："百姓，召唤他去服役，便去服役；君主想要会见他，召唤他却不去谒见，这是为什么呢？"

孟子回答说："去服役，这是义务；去谒见，是不应该的。而且君主想要会见他，为的是什么呢？"

万章说："为的是他见识广博，为的是他品德高尚。"

孟子说："如果为的是他见识广博，那么天子还不能召唤老师，何况诸侯呢？如果为的是他品德高尚，那么我还没有听说过想要会见贤人却随便召唤的。鲁缪公屡次去会见子思，说：'古代有兵车千辆的国君与士人交朋友，是怎么样的呢？'子思不高兴，说：'古代人的话是讲国君以士人为师，怎么是讲与士人交朋友呢？'子思的不高兴，难道不是这样的意思：'讲地位，你是君主，我是臣子；怎么敢与君主交朋友呢？论道德，你是向我求教的，怎么可以与我交朋友呢？'兵车千辆的国君要求与他交朋友都办不到，更何况是召唤呢？齐景公田猎，用旌旗去召唤管理猎场的人，他不来，将要杀他。有志气的人不怕尸体抛弃在山沟，有勇气的人不怕脑袋被砍掉。孔子为什么肯定这个管理猎场的人呢？就是肯定他面对不是自己应该接受的召唤礼节坚决不去的做法。"

万章问："请讲讲该用什么礼节来召唤他呢？"

孟子回答说："用皮帽子。召唤百姓用帛制的曲柄旗，召唤士人用有铃铛的旗，召唤大夫用旌旗。用召唤大夫的旌旗去召唤管理猎场的人，他死也不敢去；用召唤士人的有铃铛的旗去召唤百姓，百姓怎么敢去呢？更何况用召唤不贤的人的礼节去召唤贤人呢？想要会见贤人而不按照规矩，就好像想要人家进来却关闭着大门一样。义好比是大路；礼好比是大门。只有君子能走这条大路，能出入这个大门。《诗经》说：'大路像磨刀石一样平，像箭一样直；君子在路上行走，小人只用眼睛看视。'"

万章又问："孔子一听说国君召唤的命令，等不及驾好车马就急忙赶路；这样做，孔子错了吗？"

孟子回答说："这是由于孔子在朝廷担任官职，国君是因为他做官而去召唤他的。"

第八章

【原文】

孟子谓万章曰："一乡之善士，斯友一乡之善士；一国之善士，斯友一国之善士；天下之善士，斯友天下之善士[1]。以友天下之善士为未足，又尚[2]论古之人。颂其诗，读其书，不知其人可乎？是以论其世也[3]。是尚友也。[4]"

【注释】

①言己之善盖于一乡，然后能尽友一乡之善士，推而至于一国、天下皆然，随其高下以为广狭也。

②尚、上同。言进而上也。

③颂、通诵。论其世，论其当世行事之迹也。言既观其言，则不可以不知其为人之实，是以又考其行也。

④夫能友天下之善士，其所友众矣，犹以为未足，又进而取于古人，是能进其取友之道，而非止为一世之士矣。

【译文】

孟子对万章说："一个乡的善士就结交一个乡的善士，一个国家的善士就结交一个国家的善士，天下的善士就结交天下的善士。认为结交天下的善士还不够，又上溯讨论古时候的人。吟诵他们的诗歌，研读他们的著作，不了解他们的为人，行吗？所以要讨论他们所处的时代。这是上与古人结交。"

第九章

【原文】

齐宣王问卿。孟子曰："王何卿之问也？"王曰："卿不同乎？"曰："不同。有贵戚之卿，有异姓之卿。"王曰："请问贵戚之卿。"曰："君有大过⑤则谏，反覆之而不听，则易位。⑥"王勃然⑦变乎色。曰："王勿异也。王问臣，臣不敢不以正对。⑧"王色定，然后请问异姓之卿。曰："君有过则谏，反覆之而不听，则去。"⑨

【注释】

①大过，谓足以亡其国者。

②易位，易君之位，更立亲戚之贤者。盖与君有亲亲之恩，无可去之义，以宗庙为重，不忍坐视其亡，故不得已而至于此也。

③勃然，变色貌。

④孟子言也。

⑤君臣义合，不合则去。此章言大臣之义，亲疏不同，守经行权，各有其分。贵戚之卿，小过非不谏也，但必大过而不听，乃可易位；异姓之卿，大过非不谏也，虽小过而不听，已可去矣。然王仁贵戚，不能行之于纣；而霍光异姓，乃能行之于昌邑。此又委任权力之不同，不可以执一论也。

【译文】

齐宣王询问卿，孟子说："大王询问什么卿呢？"

宣王说："卿不一样吗？"

孟子说："不一样。有属于王室宗族的卿，有与王族不同姓的卿。"

宣王说："我问属于王室宗族的卿。"

孟子说：“国君有重大过错就劝谏，反复劝谏而不听从就更立国君。”

宣王的神色一下子变了，孟子说：“大王不要诧异。大王问我，我不敢不实言答对。”

宣王的神色安定了，才询问与王族不同姓的卿，孟子说：“国君有重大过错就劝谏，反复劝谏而不听从就离去。”

告子上

第一章

【原文】

　　告子曰："性，犹杞柳[①]也；义，犹桮棬[②]也；以人性为仁义，犹以杞柳为桮。"

　　孟子曰："子能顺杞柳之性，而以为桮棬乎？将戕贼[③]杞柳而后以为桮棬也？如将戕贼杞柳而以为桮，则亦将戕贼人以为仁义与？率天下之人而祸仁义者，必子之言夫！"

【注释】

①杞（qǐ）柳：一种树木，可以制作杯盘等。

②桮棬（bēi quān）：枝条编成的饭器。

③戕（qiāng）贼：损害。

【译文】

告子说："人性就像杞柳树，义理就像杯盘。用人性实行仁义，就像用杞柳树制成杯盘。"

孟子说："您能够顺着杞柳树的本性制成杯盘吗？还是要毁伤杞柳树的本性来制成杯盘呢？如果要毁伤杞柳树的本性才能制成杯盘，那是不是也要毁伤人的本性才能实行仁义呢？引导天下的人来损害仁义的，一定是您的这番言论啊！"

第二章

【原文】

告子曰："性犹湍①水也，决诸东方则东流，决诸西方则西流。人性之无分于善不善也，犹水之无分于东西也。"

孟子曰："水信②无分于东西，无分于上下乎？人性之善也，犹水之就下也。人无有不善，水无有不下。今夫水，搏而跃之，可使过颡③；激而行之，可使在山。是岂水之性哉？其势则然也。人之可使为不善，其性亦犹是也。"

【注释】

①湍（tuān）：流水很急。

②信：诚、实、真的。

③颡（sǎng）：额，脑门子。

【译文】

告子说："人性就像湍急的流水，从东方决开就向东流，从西方决开就向西流。人性本不分善与不善，就像水并不固定向东流向西流一样。"

孟子说："水确实不固定向东流向西流，但它难道没有向上或向下的趋向么？人向善的本性，就像水向下流的趋向一样。人没有不向善的，水没有不向下的。现在就说水吧，拍打它可以溅得很高，高过额头；用戽斗汲它，可以引上高山。这难道是水的本性吗？是情势使它这样的。人也可以受影响干坏事，他的本性改变了，和这是同样的道理。"

第三章

【原文】

告子曰："生之谓性[①]。"

孟子曰："生之谓性也，犹白之谓白与？"

曰："然。"

"白羽之白也，犹白雪之白；白雪之白犹白玉之白与？"

曰："然。"

"然则犬之性犹牛之性，牛之性犹人之性与？"

猎较从鲁

【注释】

①生之谓性："生"和"性"字是同源字，意义上有联系。

【译文】

告子说："天生的本来状态叫做性。"

孟子说："天生的本来状态叫做性，就好比白色的物品叫做白吗？"

告子说："是的。"

孟子说："白羽毛的白，就像白雪的白；白雪的白就像白玉的白吗？"

告子说："是的。"

孟子说："那么狗的本性和牛的本性一样，牛的本性与人的本性一样吗？"

第四章

【原文】

告子曰："食色，性也。仁，内也，非外也；义，外也，非内也。"

孟子曰："何以谓仁内义外也？"

曰："彼长而我长之，非有长于我也；犹彼白而我白之，从其白于外也，胡谓之外也。"

曰："异于①白马之白也，无以异于白人之白也；不识长马之长也，无以异于长人之长也？且谓长者义乎？长之者义乎？"②

曰："吾弟则爱之，秦人之弟则不爱也，是以我为悦者也，故谓之内。长楚人之长，亦长吾之长，是以长为悦者也。故谓之外也。"

曰："耆③秦人之炙，无以异于耆吾炙，夫物亦有然者也，然则耆炙亦有外与？"

【注释】

①异于：当属衍文。

②长者义乎，长之者义乎：尊敬之心在年长的人，还是在于尊敬他人的人。

③耆：同"嗜"，喜欢。

【译文】

告子说："饮食、男女关系，是人的本性。仁是内在的，不是外在的；义是外在的，不是内在的。"

孟子说："为什么说仁是内在的，义是外在的呢？"

告子说："他人年长所以我才尊敬他，不是因为我心中有尊敬之情；就好比白色的物品我认为它是白，是根据它外面的白色一样，所以说义是外在的。"

孟子说："白马的白色，与白人的白色没有不同；不懂爱惜老马，与不懂敬重长者也没有什么不同吗？而且你说尊敬之心在于长者呢，还是在于尊敬他的人呢？"

告子说："我的弟弟我就喜欢，秦人的弟弟就不喜欢，因为我的内心有我是否喜欢的标准，所以仁是内在的；尊敬楚国人的长者，也尊敬我的长者，因为年纪大是尊敬的标准，所以说义是外在的。"

孟子说："喜欢秦国的烤肉，与喜欢自己的烤肉没有不同，事物都有类似的情形，难道说喜欢烤肉的心理也是外在的吗？"

第五章

【原文】

孟季子问公都子曰："何以谓义内也？"

曰：“行吾敬，故谓之内也。”

“乡人长于伯兄一岁，则谁敬？”

曰：“敬兄。”

“酌则谁先？”

曰：“先酌乡人。”

“所敬在此，所长在彼，果在外，非由内也。”

公都子不能答，以告孟子。

孟子曰：“敬叔父乎？敬弟乎？彼将曰敬叔父。曰：‘弟为尸①，则谁敬？’彼将曰敬弟。子曰：‘恶在其敬叔父也？’彼将曰在位故也。子亦曰：‘在位故也。庸敬在兄，斯须之敬在乡人。’”

季子闻之，曰：“敬叔父则敬，敬弟则敬，果在外，非由内也。”

公都子曰：“冬日则饮汤，夏日则饮水，然则饮食亦在外也？”

【注释】

①尸：古代祭祀，不用牌位，更无画像，而以亲属中的晚辈、年纪小的人代表死者受祭，叫“尸”。

【译文】

孟季子问公都子：“为什么说义是内在的东西呢？”

公都子答道：“表达我内心的敬意，所以说是内在的东西。”

孟季子又问：“同乡的人比大哥大一岁，那么尊敬谁呢？”

公都子说：“尊敬哥哥。”

“如果在一块儿饮酒，先给谁斟酒？”

公都子说：“先给本乡长者斟酒。”

“你心中尊敬的是大哥，却向本乡长者斟酒，可见义毕竟是外在的东西，不是从内心发出的。”

公都子回答不了，便来告诉孟子。

孟子说：“你可以问，‘敬叔父还是敬弟弟呢？’他会说敬叔父，便问‘弟弟若做了受祭的代理人，那又敬谁呢？’他会说敬弟弟，你便问‘那为什么又说敬叔父呢？’他会说，‘是弟弟处在祭祀代理人这受敬的地位。’那你也就说，‘这也是由于本乡长者所处地位的缘故。平常该敬哥哥，那一刻该敬本乡长者。’”

季子听了这话，又说：“该敬叔叔时敬叔叔，该敬弟弟时敬弟弟，可见义毕竟是外在的，不是从内心发出。”

公都子说：“冬天喝热水，夏天喝凉水，这么说来饮食也不是出于人的本性，而是外在原因决定的了。”

第六章

【原文】

公都子曰：“告子曰：‘性无善无不善也。’或曰：‘性可以为善，可以为不善，是故文、武兴，则民好善；幽、厉兴则民好暴。'或曰：'有性善，有性不善，是故以尧为君而有象；以瞽瞍为父而有舜；以纣为兄之子，且以为君，而有微子启、王子比干。'今曰性善，然则彼皆非与？"

孟子曰："乃若[1]其情，则可以为善矣，乃所谓善也。若夫为不善，非才[2]之罪也。恻隐之心，人皆有之；羞恶之心，人皆有之；恭敬之心，人皆有之；是非之心，人皆有之。恻隐之心，仁也；羞恶之心，义也；恭敬之心，礼也；是非之心，智也。仁义礼智，非由外铄[3]我也，我固有之也，弗思耳矣。故曰：'求则得之，舍则失之。'或相倍蓰而无算者，不能尽其才者也。《诗》曰：'天生烝民，有物有则。民之秉彝，好是懿德[4]。'孔子曰：'为此诗者，其知道乎！故有物必有则；民之秉彝也，故好是懿德。'"

【注释】

①乃若：发语词，这里表示转折的语气，相当于"至于"。

②情、才：都指的是人的质性。

③铄：谓自外而加的美饰。

④《诗》曰：此处诗句引自《诗·大雅·烝民》，这是首赞美周宣王的诗歌。

【译文】

公都子说："告子讲，'本性没有善没有不善'，有人说，'本性可以使它善良，也可以使它不善良。所以，周文王、周武王在位，百姓便变得善良；周幽王、厉王在位，百姓便都变得横暴。'也有人说，'有些人本性善良，有些人本性不善良。所以以尧这样的圣人为君，却有像这样的坏蛋。以瞽瞍这样坏的父亲，却有舜这样的好儿子。以纣这样恶的侄儿、这样恶的君王，却有微子启、王子比干这样的仁人'。如今老师说人的本性都善良，难道他们都错了吗？"

孟子说："从天生的资质看，可以使他善良，这便是我说的人性善。至于有些人不善良，不能归罪于他的资质。同情之心每个人都有，羞耻之心每个人都有；恭敬之心每个人都有；是非之心每个人都有。同情心属于仁，羞耻心属于义，恭敬心属于礼，是非心属于智。这仁、义、礼、智，不是外加的，是我们本来就具有的，不过没有意识到罢了。所以说，'只要求索就可以得到它，随意放弃就会失掉它。'人之间有相差一倍、五倍甚至无数倍的，就是因为不能充分发挥自己善良的资质而已。《诗经》说，'上天生育众民，事物都有规律。百姓把握规律，就喜爱优良品质。'孔子说：'这篇诗的作者真懂得大道啊！凡有事物，便有它的规律，百姓把握了这些规律，所以喜爱优良的品德。'"

第七章

【原文】

孟子曰："富岁，子弟多赖①；凶岁，子弟多暴。非天之降才尔殊也，其所以陷溺其心者然也。今夫麰麦②，播种而穫^③之，其地同，树之时又同，浡然而生，至于日至^④之时，皆熟矣。虽有不同，则地有肥硗^⑤，雨露之养、人事之不齐也。故凡同类者，举相似也，何独至于人而疑之？圣人，与我同类者。故龙子曰：'不知足而为屦，我知其不为蒉^⑥也。'屦之相似，天下之足同也。口之于味，有同耆也，易牙^⑦先得我口之所耆者也。如使口之于味也，其性于人殊，若犬、马之与我不同类也，则天下何耆皆从易牙之于味也？至于味，天下期于易牙，是天下之口相似也。惟耳亦然。至于声，天下期于师旷，是天下之耳相似也。惟^⑧目亦然。至于子都^⑨，天下莫不知其姣也。不知子都之姣者，无目者也。故曰，口之于味也，有同耆焉；耳之于声也，有同听焉；目之于色也，有同美焉。至于心，独无所同然乎？心之所同然者何也？谓理也，义也。圣人先得我心之所同然耳。故理义之悦我心，犹刍豢^⑩之悦我口。"

【注释】

①赖：即"懒"，懒惰的意思。

②辫（móu）麦：大麦。

③穫（yōu）：一种古代的农具。此处用作动词。

④日至：夏至。

⑤硗：土地贫瘠。

⑥蒉（kuì）：草筐。

⑦易牙：人名，名巫，字易牙，齐桓公的宠臣。

⑧惟：发语词，无义。

⑨子都：古代的美人。

⑩刍豢：草食曰刍，牛羊是也；谷食曰豢，犬豕是也。此处泛指家畜。

【译文】

孟子说："丰收年成，年轻人多半懒惰；灾荒年成，年轻人多半强暴。这不是天生的资质如此不同，而是由于外界的环境改变他们心情的缘故。以大麦而言，播了种，除了草，如果土地相同，种植的时间相同，便会蓬勃生长，到了夏至都会成熟。纵有所不同，那是由于土地肥瘠不同，雨水多少不同，人的勤惰不同而造成的。所以，凡是同类之物，都大体相同，为什么一说到人类就怀疑了呢？圣人与我们是同类的人。龙子说过："不知道脚有多大去编草鞋，也决不会编成筐子。"草鞋的相似，是因为各人的脚大致一样。口对于味道，有相同的嗜好，易牙早就了解了口味的嗜好。假如口对于味道，人人不同，就像狗、马与我们人类不相同一样，那么，为什么天下人都追随易牙的口味呢？讲到口味，天下人都期望做到易牙那样，这说明天下人的味觉大体相同。耳朵也是如此。讲到声音，天下人都期望做到师旷那样，这说明天下人的听觉大体相同。眼睛也是如此。一讲到子都，天下没有人不知道他的美丽。不认为子都美丽的人，都是没有眼睛的人。所以说，口对于味道，有相同的嗜好；耳朵对于声音，有相同的听觉；眼睛对于容色，有相同的美感。说到心，难道就没有相同之处吗？心的相同之处是什么呢？是理，是义。圣人早就懂得我们内心的相同之处。所以，理义，使我内心高兴欢快，正像口味喜欢猪狗牛羊肉一样。"

第八章

【原文】

孟子曰："牛山之木尝美矣[1]，以其郊于大国也[2]，斧斤伐之，可以为美乎？是其日夜之所息，雨露之所润，非无萌蘖之生焉，牛羊又从而牧之[3]，是以若彼濯濯也[4]。人见其濯濯也，以为未尝有材焉，此岂山之性也哉？虽存乎人者，岂无仁义之心哉？其所以放其良心者，亦犹斧斤之于木也。旦旦而伐之，可以为美乎？其日夜之所息，平旦之气，其好恶与人相近也者几希，则其旦昼之所为[5]，有梏亡之矣[6]。梏之反复，则其夜气不足以存；夜气不足以存，则其违禽兽不远矣。人见其禽兽也，而以为未尝有才焉者，是岂人之情也哉？故苟得其养，无物不长；苟失其养，无物不消。孔子曰：'操则存，舍则亡；出入无时，莫知其乡[7]。'惟心之谓与？"

【注释】

①牛山：位于齐国国都临淄之南。

②以其郊于大国也：郊，此作动词用，谓"居其郊"也。大国，谓临淄，当时大都市之一。

③牛羊又从而牧之：此句为"又从而牧牛羊焉（之）"

的变式，用以强调"牛羊"二字。

④濯濯：犹"童童"，今写作"秃"，山无草木之貌。

⑤旦昼：明天。

⑥有梏亡之矣：有，同"又"。梏，同"牿"（gù），圈禁也。

⑦乡：通"向"。

【译文】

孟子说："牛山的树木曾经是很茂盛的，因为它长在大都市的郊外，老用斧子去砍伐，还能够茂盛吗？当然，它日日夜夜在生长着，雨水露珠在滋润着，不是没有新条嫩芽生长出来，但紧跟着就放羊牧牛，所以变成那样光秃秃了。人们看见那光秃秃的样子，便以为这山不曾有过大树木，这难道是山的本性吗？在某些人身上，难道没有仁义之心吗？他之所以丧失他的良心，也正像斧子的对于树木一般，天天去砍伐它，能够茂盛吗？他在白天黑夜里发出来的善心，他在天刚亮时呼吸到的清明之气，那时节他心里的好恶跟一般人相近的，也有一点点。可是一到第二天白昼，他的所作所为又把它消灭了。反复地消灭，那么，他夜里产生出的善念自然不能存在；夜里产生出的善念不能存在，便和禽兽差不离了。别人看到他简直是禽兽，便以为他不曾有过善良的本质。这难道也是这些人的本性吗？所以，如果得到滋养，没有东西不生长；失掉滋养，没有东西不消亡。孔子说过，'抓住它，就存在；放弃它，就亡失；出出进进没有一定时候，也不知道它何去何从。'这是指人心而说的吧。"

第九章

【原文】

　　孟子曰："无或乎王之不智也①。虽有天下易生之物也，一日暴之，十日寒之，未有能生者也。吾见亦罕矣，吾退而寒之者至矣，吾如有萌焉何哉？今夫弈之为数②，小数也；不专心致志，则不得也。弈秋，通国之善弈者也。使弈秋诲二人弈，其一人专心致志，惟弈秋之为听。一人虽听之，一心以为有鸿鹄将至③，思援弓缴而射之④，虽与之惧学，弗若之矣。为是其智弗若与？曰：非然也。"

【注释】

　　①或：同"惑"，怪也。

　　②弈之为数：弈，围棋也。数，技也。

　　③鸿鹄：天鹅。

　　④缴：音 zhuó，生丝缕也。用以系在箭上，因称系着丝线的箭为缴。

【译文】

　　孟子说："王的不明智，不足奇怪。纵使有一种最容易生长的植物，晒它一天，冷它十天，没有能够再长的。我和王相见的次数也太少了，我退居在家，把他冷淡得也到了极点了，我对于他善良之心的萌芽能有什么帮助呢？譬如下棋，这只是小技艺；但如果不一心一意，也就学不好。弈秋是全国的下棋圣手。假使让他教导两个人，一个人一心一意，只听弈秋的话。另一个呢，虽然听着，而心里却以为有只天鹅快要飞来，想拿起弓箭去射它，这样，纵使和那人一道学习，成绩一定不如人家。是因为他的才智不如人家吗？不是这样的。"

第十章

【原文】

孟子曰："鱼，我所欲也，熊掌，亦我所欲也；二者不可得兼，舍鱼而取熊掌者也。生，亦我所欲也，义，亦我所欲也；二者不可得兼，舍生而取义者也。生亦我所欲，所欲有甚于生者，故不为苟得也；死亦我所恶，所恶有甚于死者，故患有所不辟也。如使人之所欲莫甚于生[1]，则凡可以得生者何不用也？使人之所恶莫甚于死者，则凡可以辟患者何不为也？由是则生而有不用也，由是则可以辟患而有不为也。是故所欲有甚于生者，所恶有甚于死者。非独贤者有是心也，人皆有之，贤者能勿丧耳。一箪食，一豆羹[2]，得之则生，弗得则死。嘑尔而与之，行道之人弗受[3]；蹴尔而与之，乞人不屑也。万钟则不辨礼义而受之[4]，万钟于我何加焉！为宫室之美，妻妾之奉，所识穷乏者得我与[5]？乡为身死而不受，今为宫室之美为之；乡为身死而不受，今为妻妾之奉为之；乡为身死而不受，今为所识穷乏者得我而为之：是亦不可以已乎？此之谓失其本心。”

【注释】

①如使人之所欲莫甚于生：从上下文有关句子的结构形式看来，这一句后面可能漏一“者”字。

②豆：古代用来盛羹汤或肉食的器皿。

③嘑尔而与之，行道之人弗受：嘑同“呼”，旧读hù（户）；嘑尔，呵叱声。

④辩，同辨。

⑤得：与“德”通。

【译文】

孟子说：“鱼，是我想要的东西，熊掌，也是我想要的东西；要是两样东西不能同时要到，我就宁愿不要鱼而要熊掌。生命是我所珍爱的，义也是我所珍爱的；要是两者不能同时并得，我就宁愿牺牲生命而取得义。生命也是我所珍爱的，但所珍爱的东西有的超过了生命，所以就不能干苟且偷生的勾当；死也是我所厌恶的，但所厌恶的东西有的超过了死，所以对于有的祸灾不能（作无原则的）逃避。如果使人们所珍爱的东西没有超过生命的，那就凡是可以保存生命的手段，哪样不会用上呢？如果使人们所厌恶的东西没有超过死的，那就凡是可以逃避祸灾的事情，哪种不会做呢？通过这样的手段就可以保存生命，可是有的人却不采用；只要

断绩励学

这样做就可以逃避祸灾，可是有的人却不干，所以，（这样看来，）人们所喜爱的东西有超过生命的，所厌恶的东西有超过死的。不单是贤德的人有这种心，人们都有，不过贤德的人不会丧失它罢了。一小筐饭，一小碗汤，得到它就可以活，得不到它就可能要死，可是（用轻蔑的态度）叱喝着施舍给别人，那怕是（饿着肚皮的。）过路人也不会接受；用脚踢着施舍给别人，那就连叫化子也不屑要。可现在有的人竟对万钟的俸禄却不问是否合乎礼义便受下它。究竟万钟对于我能增加些什么呢？是为了住宅的豪华、妻妾的侍奉和所熟识的穷朋友（因获得周济）而对我感恩戴德吗？过去为了不蒙耻受辱宁愿身死也不愿接受，今天却为着要住上豪华的住宅而甘心这样做；过去为了不蒙耻受辱宁愿身死也不愿接受，今天却为着要使所熟识的穷朋友（因获得周济）对自己感恩戴德而甘心这样做，这些事难道不也是可以罢手的么？这就叫作迷失了他的本性。"

第十一章

【原文】

　　孟子曰："仁，人心也；义，人路也。舍其路而弗由，放其心而不知求，哀哉！人有鸡犬放，则知求之；有放心而不知求。学问之道无他，求其放心而已矣。"

【译文】

孟子说："仁是人的心，义是人的路。舍弃了义的正路而不走，丧失了善良的本心而不知道去寻找，真是可悲呀！人的鸡和狗走失了，也知道去寻找；而善良之心丧失了，却不懂得去寻找。学问之道没有别的，就是把那丧失的善良之心寻找回来罢了。"

第十二章

【原文】

孟子曰："今有无名之指屈而不信[1]，非疾痛害事也；如有能信之者，则不远秦、楚之路，为指之不若人也。指不若人，则知恶之；心不若人，则不知恶。此之谓不知类[2]也。"

【注释】

[1]信：同"伸"。

[2]不知类：根据朱熹注解，指"言不知轻重之等"。

【译文】

孟子说："现在有一个人的无名指弯曲而不能伸直，并不是疾病痛苦、妨碍工作的大毛病；但如果有人能使它伸直，就是走到秦国、楚国去治疗，也不以为远，只因为无名指比不上他人的缘故。手指不如别人，就知道厌恶；心性不如别人，却不知厌恶。这就叫不懂得轻重。"

第十三章

【原文】

孟子曰："拱把①之桐、梓，人苟欲生之，皆知所以养之者。至于身，而不知所以养之者，岂爱身不若桐、梓哉？弗思②甚也。"

【注释】

①拱把：指树木的粗细。拱，两手合围。把，一手合围。意即不粗的小树。

②弗思："思"与"弗思"都是孟子使用的专门概念，直译为"不思考"。

【译文】

孟子说："一两把粗的小桐树和梓树，人们如果要它生长，都懂得应该如何去培养。至于自身，却不知道如何去培养，难道爱自己还比不上爱桐树、梓树吗？'不思想'真是到了严重的程度！"

第十四章

【原文】

孟子曰："人之于身也，兼所爱。兼所爱，则兼所养也。无尺寸之肤不爱焉，则无尺寸之肤不养也。所以考其善不善者，岂有他哉？于己取之而已矣。体有贵贱，有小大。无以小害大，无以贱害贵①。养其小者为小人，养其大者为大人。今有场师，舍其梧、槚②，养其樲、棘③，则为贱场师焉。养其一指而失其肩背，而不知也，则为狼疾④人也。饮食之人，则人贱之矣，为其养小以失大也。饮食之人无有失也，则口腹岂适⑤为尺寸之肤哉？"

【注释】

①贵、贱、小、大：朱熹注："贱而小者，口腹也；贵而大者，心志也。"

②梧、槚：梧，梧桐。槚，即楸树。二者皆为好木料。

③樲、棘：樲，酸枣。棘，荆棘。

④狼疾：同"狼藉"，昏乱，糊涂。

⑤适：通"啻"，仅仅，不过。

【译文】

孟子说："人对于自己的身体，每一部分都爱护。都

爱护便都保养。没有一尺一寸的肌肤不爱护，便没有一尺
一寸的肌肤不保养。考察一个人善与不善，难道有别的方法
吗？就看他自己注重什么而已。就人的身体而言，有贵贱之
分，也有大小之分。不要因小而损害大，不要因贱而损害
贵。保养小的方面的人是小人，保养大的方面的人是君子，
假若现在有一位园艺师，舍弃梧桐、槚树，而去护养酸枣、
荆棘，那就是一个低能的园艺师。假若有人只护养他的一根
手指而丧失了肩膀、脊背，自己却意识不到，那便是个糊涂
的庸人。只讲究吃喝的人，受到人们的轻视，是因为他保养
了小的方面，而丧失了大的方面。讲究吃喝而又不失掉重要
方面的人，那么他的吃喝仅仅是为了满足一尺一寸的肌肤之
养吗？"

第十五章

【原文】

公都子问曰："钧①是人也，或为大人，或为小人，
何也？"

孟子曰："从其大体为大人，从其小体为小人。"

曰："钧是人也，或从其大体，或从其小体，何也？"

曰："耳目之官不思，而蔽由物。物交物，则引之而
已矣。心之官则思，思则得之，不思则不得也。此②天之所
与我者。先立乎其大者，则其小者不能夺也。此为大人而

已矣。”

【注释】

①钧：同“均”。均等，同样。
②此：这。

【译文】

公都子问道：“同样是人，有人高尚，有人卑劣，这是为什么？”

孟子说：“满足重要器官需要的是高尚者，满足次要器官需要的是卑劣者。”

公都子又问：“同样是人，有人满足重要器官的需要，有人满足次要器官的需要，这又是为什么？”

孟子答道：“耳朵、眼睛一类器官不会思考，常被事物蒙蔽。此物一接触外物，就全被勾引迷惑罢了。心这个器官专管思考，思考便能有所收获，不思考便一无所获。这是大自然赋予我们的器官，先发挥这重要器官的作用，那么次要器官就不能喧宾夺主占上风。这样，便可成为高尚的人。”

第十六章

【原文】

孟子曰：“有天爵者，有人爵者。仁义忠信，乐善不倦，此天爵也；公卿大夫，此人爵也。古之人修其天爵，而人爵从之。今之人修其天爵，以要人爵；既得人爵，而弃其天爵，则惑之甚者也，终亦必亡而已矣。”

【译文】

孟子说：“有天然的爵位等级，也有社会的爵位等级。仁、义、忠、信，乐于行善而不疲倦，这是天然的等级；公卿大夫，这是社会的爵位等级。古代的人着重修养那天然的等级，而社会的等级也会紧跟而来。现在的人修养那天然等级，用来追求社会等级；一旦得到了社会等级，竟抛弃天然等级，那就是糊涂到了极点，结果将必然会把一切葬送掉。”

第十七章

【原文】

孟子曰：“欲贵者，人之同心也。人人有贵于己者，弗思耳矣。人之所贵者，非良贵也。赵孟①之所贵，赵孟能贱之。诗云：‘既醉以酒，既饱以德②。’言饱乎仁义也，所以不愿③人之膏粱之味也；令闻广誉施于身，所以不愿人之文绣④也。”

【注释】

①赵孟：晋国正卿赵盾，字孟。赵衰之子。

②既醉以酒，既饱以德：是《诗经·大雅·既醉篇》第一章（全篇共八章）中的开头两句。

③愿：羡慕。

④文绣：古代具有爵位等级的人所穿的有文绣之服。

【译文】

孟子说："盼望尊贵，是人们的共同心愿。每个人都有自己的可贵之处，只是不善于思索罢了。别人所授予的尊贵，不是真正的尊贵。赵孟所尊贵的，赵孟亦能使他卑贱。《诗经》中说：'美酒已经陶醉，道德已经具备。'是说已足够仁义的品德，也就不羡慕别人有肥肉细粱的美味。众所称誉的名望已到达自己身上，也就不羡慕别人那一身高贵的锦衣绣裳了。"

第十八章

【原文】

孟子曰："仁之胜不仁也，犹水胜火。今之为仁者，犹以一杯水救一车薪之火也；不熄，则谓之水不胜火，此又与①于不仁之甚者也，亦终必亡而已矣。"

【注释】

①与：同"助"，助长。

【译文】

　　孟子说："仁能战胜不仁，就像水能战胜火一样。现在行仁的人，就像用一杯水来扑灭一车柴草的烈火；火扑不灭，便说水不能战胜火，这就更加助长了那些不仁的人，结果所行的一点点小仁也必然消灭。"

第十九章

【原文】

　　孟子曰："五谷者，种之美者也；苟为不熟，不如荑稗[1]。夫仁，亦在乎熟之而已矣。"

【注释】

　　[1]荑稗（tí bài）：荑，稗类的草。荑通稊。稗，稗子，低产谷物。

【译文】

　　孟子说："五谷是庄稼中的好品种；假如不成熟，还不如稊米和稗子。仁，也要讲究成熟。"

第二十章

【原文】

孟子曰："羿之教人射，必志于彀[1]；学者亦必志于彀。大匠诲[2]人必以规矩，学者亦必以规矩。"

【注释】

[1]彀（gòu）：弓满。

[2]诲（huì）：教导、教授。

【译文】

孟子说："羿教人射箭，一定要求拉满弓；学习的人也必定努力拉满弓。高明的木工师傅教导人，一定依循规矩，学习的人也一定要遵照规矩。"

告子下

第一章

【原文】

　　任人有问屋庐子[1]曰："礼与食孰重？"

　　曰："礼重。"

　　"色与礼孰重？"

　　曰："礼重。"

　　曰："以礼食，则饥而死；不以礼食，则得食，必以礼乎？亲迎，则不得妻；不亲迎，则得妻，必亲迎乎？"

　　屋庐子不能对，明日之邹，以告孟子。

　　孟子曰"於答是也何有？不揣其本，而齐其末，方寸之木可使高于岑楼。金重于羽者，岂谓一钩金与一舆羽之谓哉？取食之重者与礼之轻者而比之，奚翅食重？取色之重者与礼之轻者而比之，奚翅色重？往应之曰：'紾[2]兄之臂而夺之食，则得食；不绉，则不得食，则将绉之乎？逾东家墙而搂其处子，则得妻；不搂，则不得妻，则将搂之乎？'"

【注释】

①任：周初诸侯国名，故地在今山东济宁县境内。屋庐子：名连，孟子的学生。

②绉（zhěn）：扭转。

【译文】

有个任国人问屋庐子说："礼仪与饮食哪个更重要？"

屋庐子说："礼仪重要。"

这个任人说："性欲与礼仪哪个重要？"

屋庐子说："礼仪重要。"

这个任人说："要是按照礼节去找食物，就得饿死；不按照礼节去找食物，就能得到食物，是否一定要按照礼节行事呢？要按礼迎亲就娶不到妻子，不按礼迎亲就能娶到妻子，是否一定得按礼迎亲呢？"

屋庐子不能回答，第二天到邹国去把这事告诉了孟子。

孟子听了说："回答这个问题有什么难呢？不度量根基而只去比较末端，寸把厚的木板搁在高处，可以使之高过尖顶高楼。我们说金子比羽毛更重，难道是说一个小金带钩的重量比一大车羽毛还要重么？拿关系重大的饮食问题与礼仪的无足轻重的细枝末节去相比，岂止是饮食的问题重要吗？选取性欲的重要处与礼仪的轻微处相比较，岂止是性欲重要？你去回答他说：'扭伤兄长的胳膊抢夺他的食物，就可得到吃的；不扭伤没吃的，那你会去扭伤他的胳膊吗？翻越东边邻居的墙头去搂抱他家的姑娘，就可以得到妻子；不搂抱，就得不到妻子，那你会去搂抱她吗？'"

第二章

【原文】

曹交①问周曰："人皆可以为尧舜，有诸？"

孟子曰："然。"

"交闻文王十尺，汤九尺，今交九尺四寸以长，食粟而已，如何则可？"

曰："奚有于是？亦为之而已矣。有人于此，力不能胜一匹雏，则为无力人矣；今日举百钧，则为有力人矣。然则举乌获②之任，是亦为乌获而已矣。夫人岂以不胜为患哉？弗为耳。徐行后长者谓之弟，疾行先长者谓之不弟。夫徐行者，岂人所不能哉？所不为也。尧舜之道，孝弟而已矣。子服尧之服，诵尧之言，行尧之行，是尧而已矣。子服桀之服，诵桀之言，行桀之行，是桀而已矣。"

曰："交得见于邹君，可以假馆，愿留而受业于门。"

曰："夫道若大路然，岂难知哉？人病不求耳。子归而求之，有余师！"

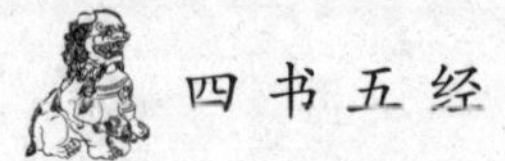

【注释】

①曹交：春秋时曹国君王的后代。

②乌获：古时候著名的大力士。

【译文】

曹交问道："人人都可以成为尧舜，有这样的话吗？"

孟子说："是的。"

曹交说："我听说周文王身高十尺，成汤王身高九尺，如今我曹交身高九尺四寸多，每天只是吃饭罢了，要怎样才能成为尧舜呢？"

孟子说："这有什么关系呢？只要去做就行了。这里有个人，自以为力不能提一只小鸡娃，那就是没有力气的人了；如今他说力气举得起三千斤，那就是有力气的人了。那么，要是能举得起乌获胜任的重量，这也就是乌获了。人所最怕的难道是在不能胜任吗？只是怕在不去做啊。缓慢地走在长者之后叫作悌，飞快地走在长者之前叫作不悌。缓慢地走，难道人们不能做吗？是不去做啊。尧舜之道，也只是孝悌而已。你穿尧的衣服，说尧的话，做尧做的事，就是尧了；你穿桀的衣服，说桀的话，做桀做的事，就是桀了。"

曹交说："我能进见邹君，可以借到一所客馆，愿意留下来在您门下学习。"

孟子说："圣人之道就像大路一样，难道是很难了解的吗？就怕人们不去寻求啊，能当老师的人多着呢。"

第三章

【原文】

公孙丑问曰："高子曰[1]，《小弁》小人之诗也[2]。"

孟子曰："何以言之？"

曰："怨。"

曰："固哉[3]，高叟之为《诗》也。有人于此，越人关弓而射之[4]，则己谈笑而道之，无他，疏之也；其兄关弓而射之，则己垂涕泣而道之，无他，戚之也[5]。《小弁》之怨，亲亲也。亲亲，仁也。固矣夫！高叟之为《诗》也。"

曰："《凯风》何以不怨[6]？"

曰："《凯风》，亲之过小者也；《小弁》，亲之过大者也。亲之过大而不怨，是愈疏也；亲之过小而怨，是不可矶也[7]。愈疏不孝也，不可矶亦不孝也。孔子曰：'舜其至孝矣，五十而慕。'"

【注释】

①高子：孟子下文称其为"高叟"，可见其年长于孟子。

②《小弁》（pán 盘）：《诗·小雅》中的诗篇名。

③固：犹言呆板。

④关弓：关与弯同，指弯弓。

⑤戚：亲密。

⑥《凯风》：《诗·邶风》中的诗篇。

⑦不可矶：不该愤怒。

【译文】

公孙丑问道："高子说，《小弁》是小人所作的诗篇。"

孟子说："为什么这样说呢？"

公孙丑说："因为这首诗怨恨。"

孟子说："真呆板啊，高老先生如此理解《诗》。有个人，越国人拉弓去射他，就谈笑着讲述这事，这没有别的原因，因为关系疏远；他的兄长拉弓去射他，就哭泣着讲述这事，这没有别的原因，因为关系亲密。《小弁》的怨恨，是亲近亲人。亲近亲人是仁。真呆板啊！高老先生如此理解《诗》。"

公孙丑说："《凯风》为什么不怨恨呢？"

孟子说："《凯风》是由于亲人的过错小；《小弁》是由于亲人的过错大。父母亲的过错大却不怨，是愈加疏远他们；父母亲的过错小却怨恨，是不应该的激怒。愈加疏远他们是不孝，不应该的激怒也是不孝。孔子说：'舜该是最孝了吧，五十岁还慕恋父母。'"

第四章

【原文】

宋牼①将之楚，孟子遇于石丘②，曰："先生将何之？"

曰："吾闻秦楚构兵③，我将见楚王说而罢之。楚王不悦，我将见秦王说而罢之。二王我将有所遇焉。"

曰："轲也请无问其详，愿闻其指。说之将何如？"

曰："我将言其不利也。"

曰："先生之志则大矣，先生之号④则不可。先生以利说秦楚之王，秦楚之王悦于利，以罢⑤三军之师，是三军之士乐罢而悦于利也。为人臣者怀⑥利以事其君，为人子者怀利以事其父，为人弟者怀利以事其兄，是君臣、父子、兄弟终去仁义，怀利以相接，然而不亡者，未之有也。先生以仁义说秦楚之王，秦楚之王悦于仁义，而罢三军之师，是三军之士乐罢而悦于仁义也。为人臣者怀仁义以事其君，为人子者怀仁义以事其父，为人弟者怀仁义以事其兄，是君臣、父子，兄弟去利，怀仁义以相接也，然而不王者，未之有也。何必曰利？"

【注释】

①宋牼（kēng）：人名，战国时期的著名学者。

②石丘：地名，河南旧卫辉府。

③构兵：交战、打仗。

④号：观点、看法、提法。

⑤罢：罢兵、停战。

⑥怀：怀着、抱着。

【译文】

宋牼准备到楚国去，和孟子在石丘相遇。孟子问道："先生要到哪里去？"

回答说："我听说秦楚两国交战，我打算去谒见楚王，劝说他停战。如果楚王不乐意的话，我还打算去谒见秦王，劝说他停战。在两国国王当中，我总会找到意见相合者。"

问道："我孟轲不想了解详情，只想请问一下大意，你将怎样劝说呢？"

回答说："我打算说明交战不利。"

孟子说："先生的志向倒是远大，先生的提法却不行。先生用利劝说秦王楚王，秦王楚王便喜欢利，于是撤退三军，这样使三军将士乐于撤兵而贪利。做臣属的唯利是图来服侍君王，做儿子的唯利是图来服侍父亲，做弟弟的唯利是图来服侍兄长，这样君臣之间、父子之间、兄弟之间就会完全丧失仁义，相互之间都唯利是图，如此而国家不灭亡，是不可能的。先生如果用仁义劝说秦王楚王，秦王楚王便喜欢仁义，于是撤退三军，这样使三军将士乐于撤兵而喜欢仁义。做臣属的以仁义为怀服侍君王，做儿子的以仁义为怀以服侍父亲，做弟弟的以仁义为怀服侍兄长，这样君臣之间、父子之间、兄弟之间就会抛开私利，相互关系都以仁义为念。如此而国家不强盛，是不可能的。为什么要讲利呢？"

第五章

【原文】

　　孟子居邹，季任为任处守[1]，以币交[2]，受之而不报。处于平陆[3]，储子为相，以币交，受之而不报，他日，由邹之任，见季子；由平陆之齐，不见储子。屋庐子喜曰："连得间[4]矣。"问曰："夫子之任，见季子；之齐，不见储子，为其为相与？"

　　曰："非也；《书》曰：'享多仪[5]，仪不及物曰不享，惟不役志于享。'为其不成享也。"

　　屋庐子悦。或问之。屋庐子曰："季子不得多邹，储子得之平陆。"

【注释】

　　①处守：留守。

　　②以币交：用送礼物交朋友。

　　③平陆：地名，在今山东汶上县。

　　④间：空子。

　　⑤享多仪：享，享献。意思是享献之礼多仪节。

【译文】

孟子住在邹国时，季任留守任国代理国政，送礼物和孟子结交，孟子收了礼却不回报。孟子住在平陆时，储子任齐国卿相，送礼物和孟子结交，孟子收了礼也不回报。后来孟子从邹国到任国，拜会了季子；从平陆到了齐国，却不拜会储子。屋庐子高兴地说："我这下找到老师的空子了。"便问道："老师到任国拜会了季子，到齐国却不拜会储子，因为储子只是卿相吗？"

孟子回答说："不是！《尚书》说：'享献之礼注重仪节，如果仪节不够，礼物再多也可以说没有贡献，因为享献人的心意没有用在享献上面。'因为他没有完成享献啊。"

屋庐子欣然会意。有人问他。他说："季子是不能够亲自去邹国，储子是可以亲自去平陆。"

第六章

【原文】

淳于髡曰："先名实者，为人也。后名实者，自为也。夫子在三卿之中，名实未加于上下而去之，仁者固如此乎？"

孟子曰："居下位，不以贤事不肖者，伯夷也。五就汤，五就桀者，伊尹也。不恶污君，不辞小官者，柳下惠也。三子者不同道，其趋一也。一者何也？曰：仁也。君子亦仁而

已矣，何必同？”

日：“鲁缪公之时，公仪子为政，子柳、子思为臣，鲁之削也滋甚。若是乎贤者之无益于国也！”

日：“虞不用百里奚而亡，秦穆公用之而霸。不用贤则亡，削何可得与？”

日：“昔者王豹①处于淇，而河西善讴。绵驹②处于高唐，而齐右善歌。华周、杞梁之妻善哭其夫，而变国俗。有诸内必形诸外。为其事而无其功者，髡未尝睹之也。是故无贤者也，有则髡必识之。”

日：“孔子为鲁司寇，不用；从而祭，燔肉不至。不税冕③而行。不知者以为为肉也，其知者以为为无礼也。乃孔子则欲以微罪行，不欲为苟去。君子之所为，众人固不识也。”

【注释】

①王豹：卫国人，著名歌唱家。
②绵驹：齐国人，著名歌唱家。
③税冕：脱帽。税，同“脱”。

【译文】

淳于髡说：“有人把名声和事功看得很重，这是有志于拯救天下的。有人不看重声名和事功，是想独善其身的。先生位在齐国三卿之中，名声和事功还没有得到齐王和下属的认可就离去了，仁者本来就这样么？”

孟子说：“处在较低的地位上，不用自己的贤才去侍奉

风齐孔阜

水平不高的人，伯夷是这样。五次到了商汤那里，又五次到了夏桀那里，伊尹是这样。不把事奉不好的君王当成耻辱，也不辞谢小官的，是柳下惠。三个人做法不同，但他们根本上是相同的。相同的是什么呢？也就是仁爱。君子也就是仁爱罢了，为什么做法都一样呢？”

淳于髡说：“鲁缪公的时候，公仪休做鲁国国相，泄柳、子思做大臣，可鲁国的削弱更加严重了。像这种情况贤人大概对国家没什么好处吧！”

孟子说：“虞国不重用百里奚就亡国了，秦穆公重用百里奚从而称霸于诸侯。不用贤人国家就会灭亡，即使想生存，能得到么？”

淳于髡说：“过去歌唱家王豹住在淇水附近，河西的人都善唱歌。绵驹住在高唐，齐国西部都善唱歌。华周和杞梁的妻子会哭她们的丈夫，国家的风俗因而改变。内在有什么内容一定会表现出来。做了事情而竟没有什么功劳，我还从没见过。所以，齐国没有贤人，要是有，我一定能知道。”

孟子说：“孔子做鲁国的司寇，不被重用；跟随国君祭祀，祭肉也没送给大夫。孔子没脱礼帽就离开了鲁国。不了解情况的人认为孔子是因为没分到祭肉离开鲁国的，知道情况的人知道孔子是因为鲁君与季孙氏不知礼才离开。孔子想以轻微的罪名离开鲁国，他不想随便离开。君子的行为，大众本来就不知道。”

第七章

【原文】

孟子曰："五霸①者，三王②之罪人也；今之诸侯，五霸之罪人也；今之大夫，今之诸侯之罪人也。天子适诸侯曰巡狩，诸侯朝于天子曰述职。春省耕而补不足；秋省敛而助不给。入其疆，土地辟，田野治，养老尊贤，俊杰在位，则有庆③；庆以地。入其疆，土地荒芜，遗老失贤，掊克在位④，则有让。一不朝，则贬其爵；再不朝，则削其地；三不朝，则六师移之。是故天子讨而不伐，诸侯伐而不讨。五霸者，搂诸侯以伐诸侯者也，故曰，五霸者，三王之罪人也。五霸，桓公为盛。葵丘之会⑤，诸侯束牲载书而不歃血⑥。初命曰，诛不孝，无易树子，无以妾为妻。再命曰，尊贤育才，以彰有德。三命曰，敬老慈幼，无忘宾旅。四命曰，士无世官，官事无摄，取士必得⑦，无专杀大夫。五命曰，无曲防⑧，无遏籴，无有封而不告⑨。曰，凡我同盟之人，既盟之后，言归于好。今之诸侯皆犯此五禁，故曰，今之诸侯，五霸之罪人也。长君之恶其罪小，逢君之恶其罪大。今之大夫皆逢君之恶，故曰，今之大夫，今之诸侯之罪人也。"

【注释】

①五霸：指齐桓公、晋文公、秦穆公、楚庄王、吴王阖

间。或指齐桓公、晋文公、秦穆公、宋襄公、楚庄王。

②三王：夏禹、商汤、周文王、武王。

③庆：赏也。

④捂克：聚敛也。

⑤葵丘：地名，春秋时属宋，在今河南考城县东三十里。

⑥诸侯束牲载书而不歃血：束牲，古代定盟多用牺牲，或杀，或不杀。不杀谓之束牲，束缚其牲也。载书，"载"是动词，加也；"书"即指盟辞。歃音 shā，以口微吸之。

⑦得：得贤。

⑧无曲防：曲，无不遍；防，堤；谓毋各设堤防，以邻为壑也。

⑨无有封而不告：谓毋以私恩擅自封赏而不告盟主也。

【译文】

孟子说："五霸，是三王的罪人；现在的诸侯，又是五霸的罪人；现在的大夫，又是现在诸侯的罪人。天子巡行诸侯的国家叫做巡狩，诸侯朝见天子叫做述职。（天子的巡狩，）春天考察耕种情况，补助不足的人；秋天考察收获情况，周济不够的人。一进到某国的疆界，如果土地已经开辟，庄稼长得很好，老人被赡养，贤者被尊贵，出色的人才立于朝廷，那么就有赏赐；赏赐用土地。如果一进到某国的疆界，土地荒废，老人被遗弃，贤者不被任用，搜括钱财的人立于朝廷，那么就有责罚。（诸侯的述职，）一次不朝，就降低爵位；两次不朝，就削减土地；三次不朝，就把军队开去。所以天子的用武力是'讨'，不是'伐'；诸侯则是'伐'，不是'讨'。五霸呢，是挟持一部分诸侯来攻伐另一部分诸侯的人，所以我说，五霸，是三王的罪人。五霸，齐桓公最了不得。在葵丘的一次盟会，捆绑了牺牲，把盟约放在它身上，（因为相信诸侯不敢负约，）便没有歃血。第一条盟约说："诛责不孝之人，不要废立太子，不要立妾为妻。第二条盟约说，尊贵贤人，养育人才，来表彰有德者。第三条盟约说，恭敬老人，慈爱幼小，不要怠慢贵宾和旅客。第四条盟约说，士人的官职不要世代相传，公家职务不要兼摄，录用士子一定要得当，不要独断专行地杀戮大夫。第五条盟约说，不要到处筑堤，不要禁止邻国来采购粮食，不要有所封赏而不报告（盟主）。最后说，所有参与盟会的人从订立盟约以后，完全恢复旧日的友好。今日的诸侯都违犯了这五条禁令，所以说，今天的诸侯是五霸的罪人。臣下助长君主的恶行，这罪行还小；臣下逢迎君主的恶行，（给他找出理论根据，使他无所忌惮）这罪行可大了。而今天的大夫，都逢迎君主的恶行，所以说，今天的大夫，又是诸侯的罪人。"

第八章

【原文】

　　鲁欲使慎子为将军①。孟子曰："不教民而用之，谓之殃民^②。殃民者，不容于尧舜之世。一战胜齐，遂有南阳^③，然且不可^④——"慎子勃然不悦曰："此则滑厘所不识也。"曰："吾明告子。天子之地方千里；不千里，不足以待诸侯。诸侯之地方百里；不百里，不足以守宗庙之典籍^⑤。周公之封于鲁，为方百里也；地非不足，而俭于百里。太公之封于齐也，亦为方百里也；地非不足也，而俭于百里。今鲁方百里者五，子以为有王者作，则鲁在所损乎，在所益乎？徒取诸彼以与此，然且仁者不为，况于杀人以求之乎？君子之事君也，务引其君以当道，志于仁而已。"

【注释】

①慎子：善用兵者，名滑厘。

②殃民：祸害百姓。

③南阳：即汶阳，在泰山之西南，汶水之北，本属鲁，其后逐渐为齐所侵夺。

④然且不可：此句未完。因慎子勃然不悦，抢着说去。

⑤典籍：重要文册。

【译文】

鲁国打算叫慎子做将军。孟子说："不先教导百姓便用他们打仗，这叫做祸害老百姓。祸害老百姓的人，在尧舜的时代，是容不得的。只打一次仗便胜了齐国，因而得到了南阳，这样尚且不可以——"慎子一下子变了脸色，不高兴地说："这是我所不了解的了。"孟子说："我明白地告诉你吧。天子的土地纵横一千里；如果不到一千里，便不够接待诸侯。诸侯的土地纵横一百里；如果不到一百里，便不够来奉守历代相传的礼法制度。周公被封于鲁，是应该纵横一百里的；土地并不是不够，但实际上少于一百里。太公被封于齐，也应该是纵横一百里的；土地并不是不够，但实际上少于一百里。如今鲁国有五个纵横一百里，你以为假如有圣主明王兴起，鲁国的土地在被减少之列呢？还是在被增加之列呢？不用兵力，白白地取自那国来给予这国，仁人尚且不干，何况杀人来求得土地呢？君子的服侍君王，只是专心一意地引导他趋向正路，有志于仁罢了。"

第九章

【原文】

孟子曰："今之事君者皆曰'我能为君辟土地，充府库'，今之所谓良臣，古之所谓民贼也。君不乡道[1]、不志于仁而求富之，是富桀也。'我能为君约与国，战必克'，今之所谓良臣，古之所谓民贼也。君不乡道、不志于仁，而求为之强战，是辅桀也。由今之道[2]，无变今之俗，虽与之天下，不能一朝居也。"

【注释】

①乡：同"向"。道，道德，此处为以德治国。

②由：沿着；今之道，即助君不以仁义，而行一味求君

富一味求武力的暴政。

【译文】

孟子说："当今侍奉君主的人都说'我能为国君开辟疆土，充实府库的财富'，当今所谓的好臣子，正是古代所谓的害民之贼。国君不追求以德治国，不存心仁义却一心想为他聚集财富，这就等于帮助夏桀得到财富。当今侍奉君主的人还说：'我能为国君邀结盟国，每战必胜'，当今所谓的好臣子，正是古代所谓的害民之贼。国君不追求以德治国，不存心仁义却一味想为他的强大而战争，这等于是辅佐残暴的夏桀。走当今这样的道路，还不改变现在这样的风气，即使把天下给他，他连一天也坐不安稳的。"

第十章

【原文】

白圭曰："吾欲二十取一，何如？"

孟子曰："子之道，貉[1]道也。万室之国，一人陶，则可乎？"

曰："不可，器不足用也。"

曰："夫貉，五谷不生，惟黍[2]生之；无城郭、宫室、宗庙祭祀之礼，无诸侯币帛饔飧[3]，无百官有司，故二十取一而足也。今居中国，去人伦，无君子，如之何其可也？陶以寡，且不可以为国，况无君子乎？欲轻之于尧舜之道者，大貉小貉也④；欲重之于尧舜之道者，大桀小桀也。"

【注释】

①貉：同"貊（mò）"，北方游牧民族的称号。

②黍：今称黄米，即糜子。

③饔飧（yōng sūn）：本义指早餐和晚餐以饮食为馈客之礼。

④大貉小貉，大桀小桀：指尧税率十抽一，适中；多了就和桀纣那样的暴君差不多，少了就会像貉族那样落后。

【译文】

白圭说："我想定税率为二十抽一，怎么样？"

孟子指出："你的方针是貉国的方针，假如有一万户居民的国家，只一个人制作陶器，行不行？"

白圭说："不行，陶器将不够用。"

孟子说："貉国，各种谷类都不生长，只长糜子；既没有城墙和房屋，又没有祖庙和祭祀的礼节，也没有各国间的互相往来，致送礼物和宴会，也没有各种衙署和官吏，所以二十抽一就足够了。如今在中国，摒弃一切伦常，不要各种官吏，那怎么能行呢？做陶器的太少了尚且不能使一个国家搞好，何况没有官吏呢？想要使税率比尧舜十抽一还轻的，是大貉小貉；想要使税率比尧舜十抽一还重的，是大桀小桀。"

第十一章

【原文】

白圭曰："丹之治水也，愈于禹。"

孟子曰："子过矣。禹之治水，水之道也，是故禹以四海为壑①。今吾子以邻国为壑。水逆行谓之洚②水——洚水者，洪水也——仁人之所恶也。吾子过矣。"

【注释】

①壑：沟。

②洚：大水泛滥。

【译文】

白圭说："我治理水患超过大禹。"

孟子说："你错了。夏禹治水患，是顺乎水的规律的，所以禹使水流入四海。如今你却使水流到邻国去。水横流而行，叫做洚水——洚水就是洪水——这是有仁爱之心的人所厌恶的。你错了。"

第十二章

【原文】

孟子曰："君子不亮[1]，恶乎执？"

【注释】

[1]亮：同"谅"。

【译文】

孟子说："君子若是不讲诚信，怎能坚持操守呢？"

第十三章

【原文】

鲁欲使乐正子[1]为政。孟子曰："吾闻之，喜而不寐。"

公孙丑曰："乐正子强乎？"

曰："否。"

"有知虑乎？"

曰："否。"

"多闻识乎？"

曰："否。"

"然则奚为喜而不寐？"

曰："其为人也好善。"

"好善足乎？"

曰："好善优于天下，而况鲁国乎？夫苟好善，则四海之内皆将轻②千里而来告之以善；夫苟不好善，则人将曰：'訑訑③，予既④已知之矣。'訑訑之声音颜色距⑤人于千里之外。士止于千里之外，则谗谄面谀⑥之人至矣。好谗谄面谀之人居，国欲治，可得乎？"

【注释】

①乐正子：人名，名乐正克。

②轻："易"的意思。言不以千里为难。

③訑訑：自满的样子。

④既：尽。

⑤距：同"拒"。

⑥谗谄面谀：谗，说陷害人的坏话。谄：巴结。谀：讨好。

【译文】

鲁国打算让乐正子治理国政。孟子说："我听说了这个消息，高兴得睡不着。"

公孙丑问："乐正子很坚强吗？"

答道："不。"

问："有智慧有远见吗？"

答道："不。"

问："见多识广吗？"

答道："不。"

"那你为什么高兴得睡不着觉呢？"

答道："因为他的为人喜欢听取善言。"

"喜欢听取善言就够了吗？"

答道："喜欢听取善言就足以治天下，何况是治理鲁国呢？如果喜欢听取善言，普天下的人都会不远千里而来把善言告诉他；如果不喜欢听取善言，别人就会模仿着他的神态说：'哦，哦，我早就知道了。'这'哦，哦'的语调和脸色就会把别人拒于千里之外，士人在千里之外止步不来，那么，进谗言，当面奉承的人就会前来，同这些谗媚奉迎的人在一起，要把国家治理好，能做到吗？"

第十四章

【原文】

陈子曰[①]："古之君子何如则仕？"

孟子曰："所就三，所去三。迎之致敬以有礼；言，将行其言也，则就之。礼貌未衰，言弗行也，则去之。其次，虽未行其言也，迎之致敬以有礼，则就之。礼貌衰，则去之。其下，朝不食，夕不食，饥饿不能出门户，君闻之，曰：'吾大者不能行其道，又不能从其言也，使饥饿于我土地，吾耻之。'周之，亦可受也，免死而已矣②。"

【注释】

①陈子：陈臻。

②周之，亦可受也，免死而已矣：说可受，也即是可就的意思；既说饥饿不能去，仅为免死而就，那么，到接受周济免除了饥饿时，还是要离去的。这中间也包括了一就一去。

【译文】

陈子问："古代的君子在怎样的情况下才出来做官呢？"

孟子说："（古代的君子）就职的情况有三种，去职的情况也有三种。迎接他时能尽敬意而又有礼貌；他有所进言，（君主）又将付诸实行，便就职。（君主）对他的礼貌尽管没有减弱，可是对他的进言却不能付诸实行，就去职。其次，虽然不能实行他的进言，但迎接他时却能尽敬意而又有礼貌，便就职。如果君主对他的礼貌减弱了，就去职。最下等的，他早上吃不上饭，晚上也吃不上饭，肚子饥饿得无力走出门户，君主得知这种情况后，说：'我从大的方面说不能实行他的政治主张，又不能听从他的进言，以至使他在我的国土上忍饥挨饿，我对这件事感到耻辱。'（在这样的情况下）给予他周济，就也可以接受，这不过是为了免于一死罢了。"

阮籍像

第十五章

【原文】

　　孟子曰："舜发于畎亩之中①，傅说举于版筑之间②，胶鬲举于鱼盐之中，管夷吾举于士③，孙叔敖举于海④，百里奚举于市⑤。故天将降大任于斯人也，必先苦其心志，劳其筋骨，饿其体肤，空乏其身，行拂乱其所为，所以动心忍性⑥，曾益其所不能⑦。

　　"人恒过，然后能改；困于心，衡于虑⑧，而后作；徵于色，发于声，而后喻。

　　"入则无法家拂士，出则无敌国外患者⑨，国恒亡。然后知生于忧患，而死于安乐也"

【注释】

　　①舜发于畎亩之中：畎（quǎn 犬），田间水沟。畎亩，田间，田地。

　　②傅说举于版筑之间：版筑，在夹版中填土，再用杵筑以成墙。傅说原是判了刑的人，殷高宗武丁从劳役中起用了他。

　　③管夷吾举于士：管夷吾即管仲。士，主管监狱的官。管仲囚于士官，得到鲍叔的推荐，齐桓公起用他为相国。

　　④孙叔敖举于海：孙叔敖隐居在海滨，楚庄王起用他为

令尹。

⑤百里奚举于市：百里奚的事详见《万章章句上》第九章。

⑥动心忍性：是说竦动其心，坚忍其性；"动"与"忍"都是使动用法。

⑦曾：同增。

⑧衡于虑：衡，横，有横塞的意思。虑，思虑。

⑨入则、出则二句：入，指国内，出，指国外。拂，读弼（bì 必），辅弼。

【译文】

孟子说："舜是在田野中发迹的，傅说是从筑墙的苦役中被提拔的，胶鬲是从贩卖鱼和盐的行业中被推荐上来的，管夷吾是从狱官手中选拔出来充任国相的，孙叔敖是从海边僻远的地方拔用的，百里奚是从畜牧业主那里赎买上来的。所以上天将要把治国治民的重任加在这个人的肩头上，一定先要（使他遭受种种困难的折磨，）弄得他心烦意乱，筋骨劳累，肚肠饥饿，口袋空空的，想做点什么便被干扰打乱，百不如意，这就是为了要使他心意竦动，得到锻炼，性格坚韧，克服疲软，由此而增加他平时所不能具有的能耐。

"一个人只有经过多次错误和失败的教训，然后才能改过自新，走上正路；只有经过艰苦的思想斗争和错综复杂的重要思虑，然后才能有所作为；只有（在痛苦的磨炼过程中）表现为形容憔悴的颜色，发出悲歌慷慨的声音，然后才能得到人们的了解。

930

　　"一个国家要是国内没有知法度的大臣和能为国君左右手的士子，国外又缺乏对敌国外患横来侵扰的远虑，这样的国家常常是要被灭亡的。从这里，我们可以悟得人为什么在忧愁患害中能够得到生存而在安逸快乐中却反会遭到毁灭的道理了。"

第十六章

【原文】

　　孟子曰："教亦多术矣，予不屑之教诲也者，是亦教诲之而已矣。"

【译文】

　　孟子说："教育也有多种多样的方式方法，那些我不屑给予教诲他的人，这也是对他的一种教诲呢。"

尽心上

第一章

【原文】

　　孟子曰："尽其心[①]者，知其性[②]也。知其性，则知天[③]矣。存其心，养其性，所以事天也。夭寿不贰，修身以俟之，所以立命也。"

【注释】

　　①心：古代哲学概念，在这里孟子指人的善良本心。

　　②性：古代哲学概念，在这里孟子指人的本性（善性）。

　　③天：古代哲学概念，在这里孟子指天命。

【译文】

　　孟子说："人能够尽力去扩张善良的本心，就懂得了人的本性。懂得了人的本性，也就懂得了天命。保存人的善心，培养人的本性，这便是对待天命的方法。无论寿命长短，我都始终如一，培养身心，以待天命，这就可用以安身立命。"

第二章

【原文】

孟子曰："莫非命也，顺受其正，是故知命者不立乎岩墙之下①。尽其道而死者，正命也；桎梏死者，非正命也。"

【注释】

①莫非：没有不是，一切都是。

【译文】

孟子说："一切都是命运，但顺理而行，所接受的便是正命，因此懂得命运的人不站在倾斜将塌的危墙下。尽力行道而死的人，所承受的是正命；犯罪受刑而死的人，所承受的不是正命。"

第三章

【原文】

孟子曰："求则得之，舍则失之，是求有益于得也，求在我者①也。求之有道，得之有命，是求无益于得也，求在外者②也。"

【注释】

①在我者：是指人本性所具有的仁义礼智等道德性。

②在外者：是指富贵利达等外在的东西。

【译文】

孟子说："（有些东西）探求，便会得到，放弃，便会失掉，这是有益于得到的探求，因为所探求的东西在我自身。探求有方法，得失却听从命运，这是无益于得到的探求，因为所探求的东西在我本身之外。"

第四章

【原文】

孟子曰："万物皆备于我矣。反身而诚①，乐莫大焉。强恕而行，求仁莫近焉。"

【注释】

①反身：反躬自问。

【译文】

孟子说："一切我都具备了。反躬自问觉得自己诚实无欺，便是莫大的快乐。按推己及人的忠恕之道尽力去做，达到仁的道路没有比这更直接的了。"

第五章

【原文】

孟子曰："行之而不著焉，习矣而不察焉，终身由之而不知其道者，众①也。"

【注释】

①众：即“庶众”的意思，一般人。

【译文】

孟子说：“只去做而不明白其道理，已经习惯了却不知其所以然，一生都在走这条路却不了解这是什么道路的，这是一般的人。”

第六章

【原文】

孟子曰：“人不可以无耻，无耻之①耻，无耻矣。”

【注释】

①之：到。

【译文】

孟子说：“人不能够没有羞耻，从没有羞耻到懂得羞耻，才能够无羞耻。”

第七章

【原文】

孟子曰："耻之于人大矣，为机变之巧者，无所用耻焉。不耻不若人，何若人有？"

【译文】

孟子说："羞耻对于人至关紧要，以奸诈多变为得计的人，没地方用得上羞耻。不因比不上他人而羞耻，怎么能赶上他人呢？"

第八章

【原文】

孟子曰："古之贤王好善而忘势；古之贤士何独不然！乐其道而忘人之势，故王公不致敬尽礼，则不得亟见之。见且由不得亟，而况得而臣之乎？"

【译文】

孟子说："古代贤明的国君喜欢行善而忘记自己的权势；

古代的贤士何尝也不是如此呢？乐于行自己之道而忘记别人的权势，因此王公如不向他恭敬致礼，就不能多次和他相见。连见面尚且不可多得，何况要他作臣属呢？"

第九章

【原文】

孟子谓宋勾践①曰："子好游②乎？吾语子游。人知之，亦嚣嚣③；人不知，亦嚣嚣。"

曰："何如斯可以嚣嚣矣？"

曰："尊德乐义，则可以嚣嚣矣。故士穷不失义，达不离道。穷不失义，故士得己焉；达不离道，故民不失望焉。古之人，得志，泽加于民；不得志，修身见于世。穷则独善其身，达则兼善天下。"

【注释】

①宋勾践：人名。姓宋，名勾践。

②游：游说。

③嚣嚣：安详自若的样子。

【译文】

孟子对宋勾践说："你喜欢到处游说吗？我跟你谈游说的事情。人家理解你，要安详自若，人家不理解你，也要安详自若。"

（宋勾践）说："怎样才能够安详自若呢？"

（孟子）说："讲究德，喜欢义，便可以安详自若。因此，士人穷困而不失掉义，得意而不离开道。穷困不失义，士人因此自得其乐；得意不离道，所以平民因此不致失望。古代的人，得意时，恩惠遍及百姓；不得意时，修养自身以显于世。穷困时独善自身，得志时兼善天下。"

第十章

【原文】

孟子曰："待文王而后兴者，凡民也。若夫豪杰之士，虽无文王犹兴。"

【译文】

孟子说："要等待文王（兴起）后才振奋的人，是平庸的人。至于杰出能干的人才，即便没有文王也能振奋。"

第十一章

【原文】

孟子曰："附之以韩魏之家①，如其自视欿然②，则过人远矣。"

【注释】

①附之以韩魏之家：附，增加、增强。韩魏之家，晋国六卿当中的韩氏和魏氏两大家。家，大夫称家，这里有两家财富的意思。

②欿（kǎn）然：欿，视盈苦虚的样子，即毫不自满。

【译文】

孟子说："如果用韩、魏两家大臣的财富来充实他，他仍不自满，那么，他就远远超出一般人了。"

第十二章

【原文】

孟子曰："以佚道使民，虽劳不怨。以生道杀民，虽死不怨杀者。”

【译文】

孟子说：“用求长久安逸的道理来役使百姓，百姓即使很劳苦不怨恨。用求众生生存的道理杀人，那人虽然被杀，却不怨恨杀他的人。”

第十三章

【原文】

孟子曰：“霸者之民欢虞①如也，王者之民皞皞②如也。杀之而不怨，利之而不庸③。民日迁善而不知为之者。夫君子④所过者化，所存者神；上下与天地同流，岂曰小补之哉？”

【注释】

①欢虞：虞，通“娱”。欢虞，欢乐兴奋。
②皞皞：坦然自得的样子。
③庸：功劳。这里指酬功、酬谢。
④君子：这里是指圣人。

【译文】

孟子说：“霸主的百姓，欢乐兴奋；圣王的百姓坦然自得。百姓被杀了，也不怨恨；得到利益，也不认为是酬劳。百姓天天都向善的方向发展，却不知道是谁在使他这样做。圣人经过的地方，百姓受到感化；他保持的灵感，上通天，下达地，和天地相合，难道可以说这是小小的补益吗？"

第十四章

【原文】

孟子曰："仁言不如仁声①之入人深也，善政不如善教之得民也。善政，民畏之；善教，民爱之②。善政得民财，善教得民心。"

【注释】

①仁声：仁德者的声望。

②善政，民畏之；善教，民爱之；善政，好的政治。畏，怕、畏惧，意思百姓守法，不敢怠慢。善教，好的教育、教化。爱之，爱它、热爱它。意思是，由于教化，民风敦纯，上下相亲，百姓乐此民风，所以对教育真心喜爱。

【译文】

孟子说："仁德的语言，不如仁者的声望更深入人心；良好的政治，不如良好的教育更得民心。政治好，百姓怕它；教育好，百姓爱它。好的政治能取得百姓的财富，好的教育能获得百姓的心。"

第十五章

【原文】

孟子曰："人之所不学而能者，其良能也；所不虑而知者，其良知也[1]。孩提之童[2]无不知爱其亲者，及其长也，无不知敬其兄也。亲亲，仁也；敬长，义也。无他，达之天下也。"

【注释】

①良知、良能：这是两个哲学词汇。良知是指天才的智慧，因此能不用思考就会知道。良能是指天才的能力，那是不用学习就会的能力。

②孩提之童：孩，小儿的笑。二三岁小儿已经会用笑来表意，让大人提抱。这里指二三岁的小孩子。

【译文】

孟子说："人不用学就能做到的，这是本能；不用思虑就会知道的，这是良知。两三岁的儿童没有不爱他父母的，等长大以后，没有不知道尊敬哥哥的。爱父母是仁，尊敬哥哥是义。没别的原因，因为亲亲、敬长是通行天下的。"

第十六章

【原文】

孟子曰："舜之居深山之中，与木石居，与鹿豕游，其所以异于深山之野人者几希；及其闻一善言，见一善行，若决江河，沛然莫之能御也。"

【译文】

孟子说："舜居住在深山之中时，跟树木、石头一块做伴，和麋鹿野猪一同交往，他跟深山中的野人差不多；可是等到他听到一句有益的话语，看见一种良好的行为，便立即采纳施行，从中获取力量，就好像决了口的江河，声势浩大得没有谁能阻挡得了。"

第十七章

【原文】

孟子曰："无为其所不为，无欲其所不欲，如此而已矣。"

【译文】

孟子说："不要做不该做的事，不贪图不该要的物，一个人能做到这样就够了。"

第十八章

【原文】

孟子曰："人之有德慧术知者，恒存乎疢疾①。独孤臣孽子②，其操心也危，其虑患也深，故达。"

【注释】

①疢（chèn）疾：疾病，引申为灾患。

②孽子：庶子，指妾所生的儿子。

【译文】

孟子说："人之所以具有德行、智慧、学术、才能，往往是因为经常想到灾患。只有那些不受重视的远臣庶子，他们心里发愁的是危难，考虑祸患也是深远，所以能通晓事理，洞达人情。"

第十九章

【原文】

孟子曰："有事君人者，事是君则为容悦者也；有安社稷者，以安社稷为悦者也；有天民者，达可行于天下而后行之者也；有大人者正己而物正者也。"

【译文】

孟子说："有事奉君主的人，他们是事奉这些君主就专以容色取宠的人；有安邦定国的臣子，这种人是以安定国家为乐事的人；有高深涵养的天民，这种人是以大道能在天下行得通才去实行的人；有圣贤品格的大人，这种人是以先端正自己而后再自然地端正外物的人。"

第二十章

【原文】

孟子曰："君子有三乐，而王天下不与存焉。父母俱存，兄弟无故①，一乐也；仰不愧于天，俯不怍②于人，二乐也；得天下英才而教育之，三乐也。君子有三乐，而王天下不与存焉！”

【注释】

①无故：没有事故，没有灾难病患。

②怍（zuò）：惭愧。

【译文】

孟子说：“君子有三样乐趣，而统一天下这事不包括在内。父母全都健在，兄弟没灾没病，这是第一样乐趣；上无愧于天，下无愧于人，这是第二样乐趣；得到天下的优秀人才而培育他们，这是第三样乐趣。君子有以上这三样乐趣，而统一天下这事不包括在内。”

第二十一章

【原文】

孟子曰："广土众民，君子欲之，所乐不存焉；中天下而立，定四海之民，君子乐之，所性不存焉。君子所性，虽大行不加焉①，虽穷居不损焉，分定故也②。君子所性，仁义礼智根于心，其生色也睟然③。见于面，盎于背④，施于四体⑤，四体不言而喻。"

【注释】

①大行：与"穷居"对文。

②分：本分。

③睟（cuì 粹）然：清和润泽之貌。

④盎：显现。

⑤施于四体：指见于动作、威仪之间。

【译文】

孟子说："广大的土地、众多的民众，是君子所想望的，但乐趣不在于此；中居天下执政，安抚四海之内的民众，君子以此为乐，但本性不在于此。君子的本性，即使显贵通达不因而增益，即使穷困隐居不因而减损，因为本分确定的缘故。君子的本性是仁义礼智，根植于内心，显现于外表则温润和顺。它表现于颜面，充溢于肩背，施行于肢体，肢体的动作不必言说就能使人了解。"

第二十二章

【原文】

孟子曰："伯夷辟纣，居北海之滨，闻文王作，兴曰：'盍归乎来！吾闻西伯善养老者。'太公辟纣，居东海之滨，闻文王作，兴曰：'盍归乎来！吾闻西伯善养老者。'天下有善养老，则仁人以为己归矣。五亩之宅，树墙下以桑，匹妇蚕之，则老者足以衣帛矣。五母鸡、二母彘无失其时，老者足以无失肉矣。百亩之田，匹夫耕之，八口之家足以无饥矣。所谓西伯善养老者，制其田里，教之树畜，导其妻子使养其老。五十非帛不暖，七十非肉不饱，不暖不饱谓之冻馁。文王之民无冻馁之老者，此之谓也。”

【译文】

　　孟子说：“伯夷躲避殷纣，居住在北海之滨，听说周文王兴起，感奋地说：‘何不去归依啊！我听说西伯善于奉养长者。’姜太公躲避殷纣，居住在东海之滨，听说周文王兴起，感奋地说：‘何不去归依啊！我听说西伯善于奉养长者。’天下有善于奉养长者的，那么仁人便以之作为自己的归依了。五亩宅田，在墙下种植桑树，妇女养蚕，那么老年人足以穿上丝绸了。五只母鸡、两头母猪不失时节地畜养，老年人足以不缺少肉食了。百亩耕地，男子去耕种，八口之家足以免于挨饿了。所谓西伯善于奉养长者，就是规定耕地居宅，教给他们种植畜养，引导妻室子女奉养他们的长者。到了五十岁没有丝绸就穿不暖，到了七十岁没有肉食就吃不饱，穿不暖、吃不饱叫做挨冻受饿。周文王的民众中没有挨冻受饿的老人，就是这个意思。”

第二十三章

【原文】

孟子曰："易其田畴①，薄其税敛，民可使富也。食之以时，用之以礼，财不可胜用也。民非水火不生活，昏暮叩人之门户求水火，无弗与者，至足矣。圣人治天下，使有菽粟如水火。菽粟如水火，而民焉有不仁者乎？"

【注释】

①易：整治。

【译文】

孟子说："整治耕地，减轻税收，是能使民众富有的。依照时令饮食，按照礼仪花费，财物是不会用尽的。民众没有水、火无法生存过活，昏夜敲他人家门求觅水、火，没有不给的，因为相当充足。圣人治理天下，要使拥有豆、粟如同水、火那样充足。豆、粟如同水、火那样充足，民众哪有不仁爱的呢？"

第二十四章

【原文】

　　孟子曰："孔子登东山而小鲁[1]，登泰山而小天下。故观于海者难为水，游于圣人之门者难为言。观水有术，必观其澜[2]。日月有明，容光必照焉。流水之为物也，水盈科不行；君子之志于道也，不成章不达[3]。"

【注释】

　　①东山：今山东蒙阴之南。

　　②必观其澜：澜，波澜。

　　③成章：古称乐曲终结为一章，此指事物达到一定阶段，犹孔子所言"斐然成章"。

【译文】

　　孟子说："孔子登临东山觉得鲁国渺小，登临泰山觉得天下渺小。所以，看过大海的人难以注意一般的水流，在圣人门下游学的人难以注意一般的言论。观看水有方法，必须观看它的波澜。太阳月亮有光辉，光线能透过就一定照得到。水流这种东西，不流满洼地不再向前；君子所志向的大道，不到一定的程度不能通达。"

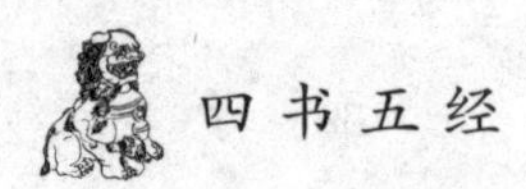

第二十五章

【原文】

孟子曰："鸡鸣而起，孳孳①为善者，舜之徒也；鸡鸣而起，孳孳为利者，蹠②之徒也。欲知舜与蹠之分，无他，利与善之间③也。"

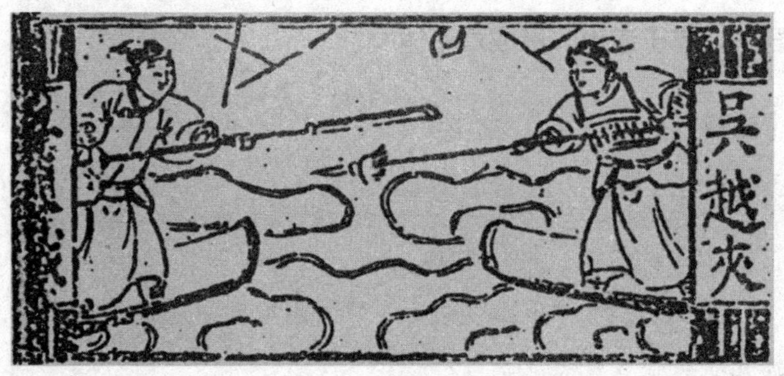

吴越争霸

【注释】

①孳孳（zī zī）：即"孜孜"，勤勉不懈的样子。

②蹠（zhí）：即跖。这里指盗跖。

③间（jiàn）：异、不同、差别。

【译文】

孟子说："鸡叫就起床，努力去行善的人，一定是舜一类的人物。鸡一叫就起床，努力求利的人，一定是跖一类的人。要明白舜和跖的差别，没有别的，善和利的不同罢了。"

第二十六章

【原文】

孟子曰："杨子取①为我，拔一毛而利天下，不为也。墨子兼爱，摩顶放踵②利天下，为之。子莫③执中。执中为近之。执中无权，犹执一也。所恶执一者，为其贼道也。举一而废百也。"

【注释】

①取：这里是主张的意思。

②摩顶放踵：摩，磨。顶，头顶。放，至、扩展到。踵，zhǒng，足跟。意思是从头顶一直到脚跟都磨损了，也不足惜。

③子莫：人名，鲁国的一位贤人。

【译文】

孟子说："杨子主张为我，拔一根汗毛而有利于天下，都不肯干。墨子主张兼爱，从头顶到脚跟全部磨损，只要对天下有利，他也肯干。子莫主张中道。能掌握中道，就离真理不远了。如果掌握了中道，但不懂得灵活变通，就是执着

一点。为什么厌恶执着一点呢？因为它损害仁义之道，只抓
住了一点而废弃了其余的缘故。"

第二十七章

【原文】

　　孟子曰："饥者甘食，渴者甘饮，是未得饮食之正也，
饥渴害之也。岂惟口腹有饥渴之害？人心亦皆有害。人能无
以饥渴之害为心害，则不及人不为忧矣。"

【译文】

　　孟子说："饥饿的人觉得任何食物都是美味，干渴的人
觉得任何饮料都是甜的。他品尝不出饮食的正常味道，是因
为受了饥渴的损害。难道只有口腹有饥渴这样的损害吗？人
心也有类似的损害。如果人能使自己的心不受饥渴那样的损
害，那么，就不用因为怕赶不上别人而忧虑了。"

第二十八章

【原文】

　　孟子曰："柳下惠不以三公易其介①。"

【注释】

①介：节操。

【译文】

孟子说：“柳下惠不因为让他做三公而改变自己的节操。”

第二十九章

【原文】

孟子曰：“有为者辟若掘井，掘井九轫①而不及泉，犹为弃井也。”

【注释】

①轫（rèn）：同“仞”，7尺或8尺为1仞。

【译文】

孟子说：“做一件事就好比淘井，掏到七八丈深还不见泉水，就是一口废井了。”

第三十章

【原文】

孟子曰："尧舜，性之也；汤武，身之也；五霸，假之也。久假而不归，恶知其非有也。"

【译文】

孟子说："尧舜行仁义，是出于本性，顺其自然；商汤和周武王是靠亲身去体验，努力推行；五霸就是假借仁义之名，来谋私利。不过，借的时间久了，总不归还，怎么就知道不会变为他所有了呢？"

第三十一章

【原文】

公孙丑曰："伊尹曰：'予不狎于不顺。'放太甲于桐，民大悦。太甲贤，又反之，民大悦。贤者之为人臣也，其君不贤，则固可放与？"

孟子曰："有伊尹之志，则可；无伊尹之志，则篡也。"

【译文】

公孙丑说："伊尹说：'我不亲近违背礼义的人。'将太甲放逐到桐，百姓很高兴。太甲变得贤能了，又让他返回来恢复王位，百姓们很高兴。贤人做别人的臣下，他的君主不贤明，就可以把他放逐吗？"

孟子说："有伊尹这样大公无私的心志，就可以这样做；没有伊尹这样大公无私的心志，那就是篡位了。"

第三十二章

【原文】

公孙丑曰："《诗》曰：'不素餐兮！'君子之不耕而食，何也？"

孟子曰："君子居是国也，其君用之，则安富尊荣；其子弟从之，则孝悌忠信。'不素餐兮'，孰大于是？"

【译文】

公孙丑说："《诗经》中说：'不能白吃饭啊！'现今的君子却不耕种而吃饭，为什么呢？"

孟子说："君子住在这个国家，这国的国君任用他，那么国家就安定富裕、尊贵荣耀；国家的少年子弟跟从他学习，就懂得孝敬父母、尊敬兄长、忠于国君，坚守信用。

'不能白吃饭啊'，难道比这些功绩更大吗？"

第三十三章

【原文】

王子垫[①]问曰："士何事？"

孟子曰："尚志。"

曰："何谓尚志？"

曰："仁义而已矣。杀一无罪，非仁也。非其有而取之，非义也。居恶在？仁是也。路恶在？义是也。居仁由义，大人之事备矣。"

【注释】

①王子垫：齐宣王之子。

【译文】

齐国的王子垫问："士人做什么事呢？"

孟子说："士人使自己理想远大、道德高尚。"

王子垫问："什么是让自己道德高尚呢？"

孟子说："也就是仁义罢了。杀一个没罪的人，就算不上仁。不是自己的东西而拿来用，就算不上义。一个人应该处在什么地方？应该处在仁中。应该走在什么路上？应该走在义上。处于仁行于义，也就是君子了。"

第三十四章

【原文】

孟子曰："仲子①，不义与之齐国而弗受，人皆信之。是舍箪食豆羹之义也。人莫大焉亡亲戚君臣上下。以其小者，信其大者，奚可哉？"

【注释】

①仲子：即陈仲子，於陵子仲。

【译文】

孟子说："陈仲子这人，如果用不义的方式把整个齐国都给他，他也不要，人们都相信陈仲子的信义。这实际上是舍弃一箪食一豆菜汤之类的小义。人最大的不义就是不要亲戚君臣上下的关系。因为他有小的信义，就相信他在大的方面也讲信义，怎么行呢？"

第三十五章

【原文】

桃应问曰[1]："舜为天子，皋陶为士，瞽瞍杀人，则如之何？"孟子曰："执之而已矣。""然则舜不禁与？"曰："夫舜恶得而禁之？夫有所受之也。""然则舜如之何？"曰："舜视弃天下，犹弃敝蹝也[2]。窃负而逃，遵海滨而处，终身䜣然[3]，乐而忘天下。"

【注释】

①桃应：孟子弟子。
②蹝：音 xǐ，亦作"屣"，鞋。没有脚跟的鞋子，一曰草鞋。
③䜣：同"欣"。

【译文】

桃应问道："舜做天子，皋陶做法官，如果瞽瞍杀了人，那怎么办？"孟子答道："把他逮捕起来罢了。""那么，舜不阻止吗？"答道："舜怎么能阻止呢？他去逮捕是有根据的。""那么，舜该怎么办呢？"答道："舜把抛弃天子之位看成抛弃破鞋一样。偷偷地背着父亲而逃走，沿着海边住下来，一辈子快乐得很，把曾经做过天子的事忘记掉。"

第三十六章

【原文】

　　孟子自范之齐①，望见齐王之子，喟然叹曰："居移气，养移体，大哉居乎！夫非尽人之子与？"孟子曰："王子宫室、车马、衣服多与人同，而王子若彼者，其居使之然也，况居天下之广居者乎②？鲁君之宋，呼于垤泽之门③。守者曰：'此非吾君也，何其声之似我君也？'此无他，居相似也。"

【注释】

　　①自范之齐：范，地名，故城在今山东范县东南二十里，为从梁（魏）到齐的要道。

　　②广居：指仁，见《滕文公下》第二章。

　　③垤泽之门：宋东城南门。垤音 dié。

【译文】

　　孟子从范邑到齐都，远远地望见了齐王的儿子，长叹一声道："环境改变气度，奉养改变体质，环境真是重要呀！他难道不也是人的儿子吗？（为什么就显得特别不同了呢？）"又说："王子的住所、车马和衣服多半和别人相同，为什么王子却像那样呢？是因为他的居住环境使他这样的；何况以

‘仁’为自己住所的人呢？鲁君到宋国去，在宋国的东南城门下呼喊，守门的说：‘这不是我的君主呀，为什么他的声音那么像我们的君主呢？’这没有别的缘故，环境相似罢了。”

第三十七章

【原文】

孟子曰："食而弗爱，豕交之也；爱而不敬，兽畜之也。恭敬者，币之未将者也①。恭敬而无实，君子不可虚拘。"

【注释】

①将：送也，奉也。

【译文】

孟子说："养活他而不爱怜他，等于养猪；爱怜他而不恭敬他，等于畜养狗马。恭敬之心是在致送礼物以前就具备了的。只有恭敬的外表，没有恭敬的实质，君子便不可以被这种虚假的礼仪所拘束。"

第三十八章

【原文】

孟子曰："形色，天性也；惟圣人然后可以践形。"

【译文】

孟子说："人的身体容貌是天生的，（这种外表的美要靠内在的美来充实它），只有圣人才能做到（不愧于这一天赋）。

第三十九章

【原文】

齐宣王欲短丧。公孙丑曰："为期之丧，犹愈于已乎？"孟子曰："是犹或绐其兄之臂，子谓之姑徐徐云尔，亦教之孝悌而已矣①。"王子有其母死者，其傅为之请数月之丧。公孙丑曰："若此者何如也？"曰："是欲终之而不可得也。虽加一日愈于已，谓夫莫之禁而弗为者也。"

【注释】

①亦：但、只。

【译文】

齐宣王想要缩短守孝的时间。公孙丑说："（父母死了，）守孝一年，不是还比完全不守孝强些吗？"孟子说："这好比有一个人在扭他哥哥的胳膊，你却对他说，暂且慢慢地扭吧。（这算什么呢？）只是教导他以孝父母敬兄长便行了。"王子有死了母亲的，王子的师傅替他请求守孝几个月。公孙丑问道："像这样的事，怎么样？"孟子答道："这个是由于王子想要把三年的丧期守完而办不到，那么（我上次所讲，）纵使多守孝一天也比不守孝好，是对那些没有人禁止他守孝自己却不去守孝的人说的。"

第四十章

【原文】

孟子曰："君子之所以教者五：有如时雨化之者，有成德者，有达财者①，有答问者，有私淑艾者②。此五者，君子之所以教也。"

【注释】

①财：同"材"。

②私淑艾：淑，同"叔"，拾也；艾同"刈"，取也。私淑艾，犹私淑，私拾取也。

【译文】

孟子说："君子教育的方式有五种：有像及时雨那样沾溉万物的，有成全品德的，有培养才能的，有解答疑问的，还有以流风余韵为后人所私自学习的。这五种便是君子教育的方式。"

第四十一章

【原文】

公孙丑曰："道则高矣，美矣，宜若登天然，似不可及也；何不使彼为可几及而日孳孳也？"

孟子曰："大匠不为拙工改废绳墨，羿不为拙射变其彀率。君子引而不发，跃如也。中道而立，能者从之。"

【译文】

公孙丑说："道很高，也很美，几乎像登天一样，似乎高不可攀；为什么不使它变成有达到目标的希望而每天孜孜不倦地去努力呢？”

孟子说：“高明的工匠不因笨拙的徒弟而改变或废弃规矩，羿不因笨拙的射手而改变拉弓的标准。君子张满弓而不发箭，只做出要射的样子。能在正确的道路上站住，学习的人便紧紧跟随。”

第四十二章

【原文】

孟子曰：“天下有道，以道殉身①；天下无道，以身殉道②；未闻以道殉乎人③者也。”

【注释】

①以道殉身：意为“道”为己所用。

②以身殉道：不惜为道而死。

③以道殉乎人：意为是不惜把“道”歪曲以逢迎当世王侯。

【译文】

孟子说：“天下清明，道因之得以施行；天下黑暗，不惜为道而死；从没有听说过以牺牲道来屈从王侯的。”

第四十三章

【原文】

公都子曰："滕更①之在门也，若在所礼，而不答，何也？"

孟子曰："挟贵而问，挟贤而问，挟长而问，挟有勋劳而问，挟故而问，皆所不答也。滕更有二焉。"

【注释】

①滕更：滕君之弟，曾学于孟子。

【译文】

公都子问："滕更在您门下的时候，好像应在以礼相待之列，可您却不搭理他，这是为什么？"

孟子说："倚仗权势来发问，倚仗贤能来发问，倚仗年长来发问，倚仗有功劳来发问，倚仗旧交情来发问，我都不回答。（这五条中）滕更占了两条。"

第四十四章

【原文】

孟子曰："于不可已而已者，无所不已。于所厚者薄，无所不薄也。其进锐者，其退速。"

【译文】

孟子说："对于不可以停止的却停止了，那就没有什么不能停止的了。对应该厚待的人却薄待他，那就没有谁不可以薄待的了。前进太猛的人，退缩也很快。"

第四十五章

【原文】

孟子曰："君子之于物也，爱之而弗仁；于民也，仁之而弗亲。亲亲而仁民，仁民而爱物。"

【译文】

孟子说："君子对于万物，爱惜它却不行仁；对于百姓，行仁却不亲爱他。（君子）亲爱亲人，进而仁爱百姓；仁爱百姓，进而爱惜万物。"

第四十六章

【原文】

孟子曰："知者无不知也，当务之为急；仁者无不爱也，急亲贤之为务。尧舜之知而不遍物，急先务也；尧舜之仁不遍爱人，急亲贤也。不能三年之丧，而缌[1]小功[2]之察；放饭流歠[3]，而问无齿决[4]，是之谓不知务。"

【注释】

①缌（sī）：细麻布。五种孝服中最轻的一种，为期三个月，如女婿为岳父母戴孝。

②小功：五种孝服中次轻的一种，为其 5 个月，如外孙为外祖父母戴孝。

③放饭流歠（chuò）：大吃大喝。

④齿决：用牙咬断。

【译文】

孟子说："智者没有不该知道的事，但总是急于当前的重要事情；仁者没有不爱的人，但总是急于首先亲近贤者。尧、舜的智慧不能完全知道一切，因为他们急于当前的重要事情；尧、舜的仁爱不能遍及一切人，因为他们急于亲近贤

三迁择里

三迁择里

者。（如果）不能实行三年的丧礼，而对缌麻三月、小功五月却很详备；在尊长之前用餐，大吃大喝，却又讲求不能用牙齿咬断干肉，这就叫不识大体。"

尽心下

第一章

【原文】

孟子曰："不仁哉梁惠王也！仁者以其所爱及其所不爱，不仁者以其所不爱及其所爱。"

公孙丑问曰："何谓也？"

"梁惠王以土地之故，糜烂其民而战之。大败，将复之，恐不能胜，故驱其所爱子弟以殉之，是之谓以其所不爱及其所爱也。"

【译文】

孟子说："梁惠王委实太不仁了啊！一个仁爱的人会拿他施加于所爱的人的恩泽推广开去，沾被到他所不爱的人的身上，（相反，）一个薄情寡恩的人却会拿他施加于他所不爱的人的荼毒连累及他所心爱的人。"

　　公孙丑听了，问道："这话怎么讲呢？"

　　答道："梁惠王为了扩张土地的缘故，把他所不爱的百姓投入战争的血海，使他们弃尸原野，肝脑涂地。吃了大败仗后，又将卷土重来，却担心百姓不肯替他卖命，所以不惜驱使他所心爱的子弟上战场去送死，这便叫作拿他施加于他所不爱的人的荼毒连累及他所心爱的人。"

第二章

【原文】

　　孟子曰："春秋无义战。彼善于此，则有之矣。征者，上伐下也，敌国不相征也。"

【译文】

　　孟子说："春秋那个时代几乎没有合乎义的战争，（相对而言，）那次战争比这次战争好一点（的情况），就还是有的。（为什么说春秋没有合乎义的战争呢？因为）征讨这个词，是指上面的天子讨伐下面违反王命的诸侯，地位相等的国家是不得互相征伐的。"

第三章

【原文】

孟子曰："尽信《书》，则不如无《书》。吾于《武成》①，取二三策而已矣②。仁人无敌于天下，以至仁伐至不仁，而何其血之流杵也③？"

【注释】

①武成：古《尚书》中篇名，内容大概记述周武王伐纣王的事，今已佚亡。伪古文《尚书》中的《武成》已经不是《孟子》本章所说的《武成》篇。

②策：古代尚未发明纸时，用漆在竹片或木片上书写文字；一块竹片名为简，编联若干竹简名为策。古人大事记在策上，小事记在简上。

③血之流杵：杵，春米的木棒；或作卤，与橹通。伪古文《尚书·武成》篇说周武王伐纣的军队，"会于牧野，罔有敌于我师；前徒倒戈，攻于后以北，血流漂杵"。

【译文】

孟子说："全部相信《书》，就还不如没有《书》的好。我对于《武成》这篇《书》文，只不过采用它两三段文字罢了。一个仁德的人在天下是没有敌手的，以周武王这样天下

极其仁爱的贤君去讨伐商纣那样最不仁爱的暴君，（义师所
到的地方，备受百姓的欢迎）又怎么会发生血流成河，连春
米的大木棒都给漂走的事呢？”

第四章

【原文】

　　孟子曰：“有人曰：‘我善为陈①，我善为战。’大罪也。
国君好仁，天下无敌焉。南面而征北狄怨②，东面而征西夷怨，
曰：‘奚为后我？’武王之伐殷也，革车三百两，虎贲三千
人③。王曰：‘无畏！宁尔也，非敌百姓也。’若崩厥角稽首④。
征之为言正也，各欲正己也，焉用战？”

【注释】

　　①陈：即“阵”本字。

　　②北狄：亦作“北夷”。

　　③革车三百两，虎贲（bēn 奔）三千人：革车，兵车；两，
同辆。虎贲，古时用来喻指勇士、武士。

　　④若崩厥角稽首：厥，顿；角，额角。厥角，即以额角
触地，也即“顿首”、“叩头”的意思。崩，指山崩塌，这
里用来形容百姓叩头的众声轰然。

【译文】

孟子说："有人说，'我善于陈兵列将摆成作战阵势，我善于打仗取胜。'这实际是该服上刑的大罪过。只要国君好行仁德，天下便没有敌手。（过去商汤大起义师，）他讨伐南方，北方的狄族便埋怨。他讨伐东方，西方的夷族同样也埋怨，他们说：'为什么把我们搁在后面呢？'周武王去讨伐殷纣时，派出兵车三百辆，勇士三千人。武王告谕殷商的百姓道：'别害怕！我们是来帮助你们得到安定生活的，不是来跟你们百姓作对的。'百姓们听了一齐伏在地上把额角碰着地面叩起头来，登时像山岳崩塌似地一片价响。征这个字含有正的意思，（被暴君压榨虐害的各国百姓）都想匡正自己的国家，哪里又用得着战争呢？"

第五章

【原文】

孟子曰："梓匠轮舆能与人规矩，不能使人巧。"

【译文】

孟子说："木匠和制作车轮、车箱的人能够把制作的规矩、标准传授给别人，却不能使人一定具有高超的技巧。"

第六章

【原文】

孟子曰："舜之饭糗茹草[1]也，若将终身焉。及其为天子也，被袗衣[2]，鼓琴，二女果[3]，若固有之。"

【注释】

[1] 饭糗（qiǔ）茹草：饭，茹，都是吃的意思。糗，干饭。

[2] 袗衣：意思是"麻葛单衣"。

[3] 果（wǒ）：通"婐"。侍女，引申为侍奉。

【译文】

孟子说："舜吃干粮啃野菜的时候，好像要这样过一辈子。等他做了天子，穿着麻葛单衣，弹着琴，有两个侍女侍候着，又好像这些是本来就有的一样。"

第七章

【原文】

孟子曰："吾今而后知杀人亲之重也：杀人之父，人亦杀其父；杀人之兄，人亦杀其兄。然则非自杀之也，一间①耳。"

【注释】

①间：隔，离。一间即相距很近的意思。

【译文】

孟子说："我现在才懂得杀害别人亲属的严重性了：杀了别人的父亲，别人也会杀他的父亲；杀了别人的兄长，别人也会杀他的兄长。那么，（父亲和兄长）虽然不是自己所杀的，但（和自己所杀）也相差无几了。"

第八章

【原文】

孟子曰："古之为关也，将以御暴；今之为关也，将以为暴。”

【译文】

孟子说：“古时候设立关口要塞是用来抵御残暴，现在设立关口要塞却是用来实行残暴。”

第九章

【原文】

孟子曰：“身不行道，不行于妻子；使人不以道，不能行于妻子。”

【译文】

孟子说：“自身不依道而行，那么道在妻子儿女身上都行不通，（更不要说对别人了；）役使别人不合乎道，那么要想去役使妻子儿女都不可能。”

第十章

【原文】

孟子曰：“周①于利者，凶年不能杀②；周于德者，邪世不能乱。"

【注释】

①周：为"足"的意思。

②杀：缺乏，困窘。

【译文】

孟子说："财利富足的人，灾荒年代也不致困窘；道德高尚的人，世道混乱也不致迷惑。"

第十一章

【原文】

孟子曰："好名之人能让千乘之国，苟非其人，箪食豆羹见于色。"

【译文】

孟子说："喜好名望的人能把千乘兵车的国位让给别人，但如果不是好名的人，（即便要他）让一筐饭一碗汤，也会表现出不愉快的神情。"

第十二章

【原文】

　　孟子曰："不信仁贤，则国空虚；无礼义，则上下乱；无政事，则财用不足。"

【译文】

　　孟子说："如不亲信仁者贤者，国家就会空虚；不讲礼义，举国上下就会混乱；不搞好政治，财用就会贫乏。"

第十三章

【原文】

　　孟子曰："不仁而得国者，有之矣；不仁而得天下者，未之有也。"

【译文】

　　孟子说："不实行仁道而得到国家，这种事倒曾有过；但不行仁道而得到天下，可未曾有过啊！"

第十四章

【原文】

孟子曰："民为贵，社稷次之，君为轻。是故得乎丘民[1]而为天子，得乎天子为诸侯，得乎诸侯为大夫。诸侯危社稷，则变置，牺牲既成，粢盛既絜，祭祀以时，然而旱干水溢，则变置社稷。"

【注释】

①丘明：丘民，田野之民。

【译文】

孟子说："百姓最重要，土神谷神次要，君主较轻。因此，得到众百姓之心的做天子，得到天子之心的做诸侯，得到诸侯之心的做大夫。诸侯危害社稷国家，就另外改立。牺牲已经长成，祭物已经洁净，能按时祭祀，但仍发生旱灾涝灾，就另立土神谷神。"

第十五章

【原文】

孟子曰："圣人，百世之师也，伯夷、柳下惠是也。故闻伯夷之风者，顽夫廉，懦夫有立志；闻柳下惠之风者，薄夫敦，鄙夫宽。奋乎百世之上，百世之下，闻者莫不兴起也。非圣人而能若是乎？——而况于亲炙之者乎？"

【译文】

孟子说："圣人是百代人的师表，伯夷、柳下惠正是这样的人。因此，听到伯夷品性的人，贪婪者廉洁了，懦弱的人也长了志气；听到柳下惠品性的人，刻薄者敦厚老实了，狭隘者宽宏大度了。百代以前发奋进取，百代以后听到的人无不感动振作。〔如果〕不是圣人，能有这样的影响吗？何况是那些亲身感受过熏陶的人呢。"

第十六章

【原文】

孟子曰："仁也者，人也①。合而言之，道也。"

【注释】

①仁也者，人也：古音"仁"与"人"相同，所以义同。仁的意思就是人。

【译文】

孟子说："'仁'的意思就是'人'，仁和人合并起来说，就是道。"

第十七章

【原文】

孟子曰："孔子之去鲁，曰，'迟迟吾行也，去父母国之道也。'去齐，接淅而行——去他国之道也。"

【译文】

孟子说："孔子离开鲁国，说：'我们慢慢地走吧！这是离开祖国的态度。'离开齐国，就不等淘完米，捞起来就走——这是离开别国的态度。"

第十八章

【原文】

孟子曰："君子之厄于陈、蔡之间①，无上下之交也。"

【注释】

①君子厄于陈、蔡之间：君子，指孔子。厄，困、阻。陈和蔡都是国名。意思是孔子被困在陈国和蔡国之间。

【译文】

孟子说："孔子被困在陈国和蔡国之间，是因为和两国的君主都没有交往的缘故。"

第十九章

【原文】

貉稽①曰："稽大不理②于口。"孟子曰："无伤也。士憎兹多口。《诗》云：'忧心悄悄，愠于群小③。孔子也。'肆不殄厥愠，亦不殒厥问④。'文王也。"

【注释】

①貉（mò）稽（jī）：人名，姓貉，名稽。

②理：顺。不理于口，即不顺于口。意思是被人说得很坏。

③忧心悄悄，愠（yùn）于群小：忧心，忧愁烦恼。愠，怒、恨、怨恨。群小，众多小人。愠于群小，被小人们恨怨。

④肆不殄厥愠，亦不殒厥问：肆，故。殄，绝、灭。殒，失、失去。问，声闻。

【译文】

貉稽说："我被别人说得很坏。"

孟子说："不碍事。士人就厌恶这种多口多舌。《诗经》上说：'烦恼沉沉压在心，小人视我眼中钉。'孔子就是这样的人。又说：'不消除别人的怨恨，也不失去自己的声闻。'这说的是周文王。"

第二十章

【原文】

孟子曰："贤者以其昭昭使人昭昭，今以其昏昏使人昭昭。"

【译文】

孟子说："贤人是用自己的明明白白，去使别人明明白白；如今的人，是用自己的糊糊涂涂，去使别人明明白白。"

第二十一章

【原文】

孟子谓高子曰："山径之蹊①，间介然②用之而成路；为间③不用，则茅塞之矣。今茅塞子之心矣。"

【注释】

①蹊（xī）：人踩出的小路。

②介然：界限分明的样子。

③为间：时间不久。

【译文】

孟子对高子说："山坡的小路很窄，但经常有人走，它就会界限分明地变成一条路；但有一段时间没人去走，就会又被茅草堵塞了。现在，茅草堵塞了你的心了。"

第二十二章

【原文】

高子曰："禹之声，尚文王之声。"孟子曰："何以言之？"曰："以追蠡①。"曰："是奚足哉？城门之轨，两马之力与？"

【注释】

①追（duī）蠡（lí）：追，钟钮。蠡，像被虫咬了而要断绝。

【译文】

高子说："禹的音乐高于文王的音乐。"孟子说："这样说有什么根据呢？"高子回答说："因为禹传下来的钟钮都快要断了。"孟子说："这怎么够做证明呢？城门下的车迹那么深，难道是几匹马的力量吗？是日子久了，车马多，慢慢形成的；禹的钟钮要断了，也是日久的缘故。"

第二十三章

【原文】

齐饥。陈臻曰："国人皆以夫子将复为发棠①，殆不可复。"

春申君像

孟子曰："是为冯妇②也。晋人有冯妇者，善搏虎，卒为善士。则之野，有众逐虎。虎负嵎③，莫之敢撄④。望见冯妇，趋而迎之。冯妇攘臂下车。众皆悦之，其为士者笑之。"

【注释】

①发棠：发，打开粮仓赈民。棠，地名，在今山东即墨县甘棠社，这里有粮仓。

②冯妇：姓冯，名妇，善于打虎。后来他做了善人，不再打虎。有一次，他看见人们打虎，他又技痒，参与进去，受到士人讥笑。

③嵎（yù）：同"隅"，山角。虎负嵎，老虎靠着山角顽抗。

④撄（yīng）：接触、靠近。

【译文】

齐国遭了饥荒。陈臻对孟子说："国内的人都以为老师会再次劝请齐王，使他打开仓廪来赈济百姓，大概不可以再这样做吧！"

孟子说："再这样做就成了冯妇了。晋国有个人叫冯妇，擅长斗虎，后来变成善人。有一次他到野外，有许多人正在追赶老虎。老虎负隅顽抗，没人敢靠近他。人们看见冯妇来了，就跑过去迎接他。冯妇也就将起袖子，伸出胳膊，走下车来。大家都高兴他，可是他却被士人讥笑。"

第二十四章

【原文】

孟子曰："口之于味也，目之于色也，耳之于声也，鼻之于臭也，四肢之于安佚也，性也，有命焉，君子不谓性也。仁之于父子也，义之于君臣也，礼之于宾主也，知之于贤者也，圣人之于天道也，命也，有性焉，君子不谓命也。"

【译文】

孟子说："口对于美味，眼睛对于美色，耳朵对于美声，鼻子对于香气，手脚对于放松安逸，这些爱好，都是天性；但是能否得到，却由命运决定，所以君子不认为这些都是天性的必然。仁在父子之间，义在君臣之间，礼在宾主之间，智慧对于贤人，圣人对于天道，也是命运决定，但也有天性在里边，所以君子不认为这些完全决定于命运。"

第二十五章

【原文】

浩生不害[①]问曰："乐正子，何人也？"

孟子曰："善人也，信人也。"

"何谓善？何谓信？"

曰："可欲之谓善。有诸己之谓信②。充实之谓美③。充实而有光辉之谓大④。大而化之之谓圣。圣而不可知之之谓神。乐正子，二之中，四之下⑤也。"

【注释】

①浩生不害：姓浩生名不害，齐国人。

②有诸己之谓信：内心确实有好善之意叫做诚信。

③充实之谓美：把善、信扩展到全身叫做美。

④充实而有光辉之谓大：能把善、信扩展到全身，全身洋溢着道德的感染力。

⑤二之中，四之下：是说乐正子处于善、信之间，还没达到大的程度。

【译文】

浩生不害问："乐正克是什么样的人呢？"

孟子说："他是个好人，是个诚实的人。"

浩生不害问："什么算是好人，什么算是诚实的人呢？"

孟子说："可爱的人就是好人，内心确实可爱就是诚实的人。把这种可爱和诚实扩展到自己的全部行为就叫美，扩展到全部行为并充满道德的感染力就叫大，大又能让天下变化叫做圣人。圣人是一般人不能理解的，所以圣人又叫神人。乐正克在好人和诚实的人中间，还没达到大的境界。"

第二十六章

【原文】

孟子曰："逃墨必归于杨，逃杨必归于儒。归，斯受之而已矣。今之与杨、墨辩者，如追放豚，既入其苙①，又从而招之②。"

【注释】

①苙：猪圈。

②招之：把它捆起来。

【译文】

孟子说："脱离墨家肯定会信奉杨朱学说，脱离杨朱学说肯定会信奉儒家学说。愿意信奉儒家学说，也就接受他。现今与杨朱学派、墨家学派辩论的人，要像捉跑掉的猪一样。已经赶入猪圈，还要捆起四肢。"

第二十七章

【原文】

孟子曰："有布缕之征、粟米之征、力役之征。君子用其一，缓其二。用其二而民有殍，用其三而父子离。"

【译文】

孟子说："有对布匹的征税，有对粮食的征税，还要让老百姓服劳役。君子只取其中的一种，而对另两种则不着急。如果同时征两种税老百姓就会饿死，三种税并征父子就要分离。"

第二十八章

【原文】

孟子曰："诸侯之宝三：土地，人民，政事。宝珠玉者，殃必及身。"

【译文】

孟子说："国君有三样宝贝：土地、老百姓和政治。仅仅把珠玉当宝贝的，他自己必定身受其害。"

第二十九章

【原文】

盆成括仕于齐。孟子曰："死矣盆成括！"

盆成括见杀，门人问曰："夫子何以知其将见杀？"

曰："其为人也小有才，未闻君子之大道也，则足以杀其躯而已矣。"

【译文】

盆成括在齐国做官，孟子说："盆成括活不长了！"

盆成括被杀了，孟子弟子问："老师，您怎么知道盆成括将要被杀呢？"

孟子说："这个人有点小聪明，但是却不懂君子的大道，这就能招来杀身之祸。"

第三十章

【原文】

孟子之滕，馆于上宫。有业屦①于牖上，馆人求之弗得。或问之曰："若是乎从者之廋也？"

曰："子以是为窃屦来与？"

曰："殆非也。夫子之设科②也，往者不追，来者不拒。苟以是心至，斯受之而已矣。"

【注释】

①业屦：没织好的草鞋。

②设科：设教，办教育。

【译文】

孟子到滕国去，住在滕国的上宫。宾馆服务员把没织好的草鞋放在窗台上，却找不到了。有人问孟子："好像是您的随从把鞋藏起来了吧？"

孟子说："你以为我的随从是为了偷一双鞋才来么？"

那人说："大概不是。不过先生您教学生，对学生的过去又不追问，只要来学习您就不拒绝。如果抱着来学习的态度，您也就接受了，您怎么保证他过去不是小偷呢？"

第三十一章

【原文】

孟子曰："人皆有所不忍，达之于其所忍，仁也；人皆有所不为，达之于其所为，义也。人能充无欲害人之心，而仁不可胜用也；人能充无穿逾之心，而义不可胜用也；人能充无受尔汝之实[1]，无所往而不为义也。士未可以言而言，是以言话之也[2]；可以言而不言，是以不言话之也，是皆穿逾之类也。"

【注释】

①无受尔汝之实："尔""汝"为古代尊长对卑幼的对称代词，如果平辈用之，便表示对他的轻视贱视。

②话：音 tiǎn，取也，挑取物也。

【译文】

孟子说：“每个人都有不忍心干的事，把它延伸到所忍心干的事上，便是仁；每个人都有不肯干的事，把它延伸到所肯干的事上，便是义。（换句话说，）人能够扩充不想害人的心，仁便用不尽了；人能够扩充不挖洞跳墙的心，义便用不尽了；人能够扩充不受鄙视的言行举止，（以至所言所行都不会遭到鄙视，）那随便到哪里都合于义了。（怎样叫做挖洞跳墙呢？譬如）一个士人，不可以同他谈论却去同他谈论，这是用言语来挑逗他，以便自己取利；可以同他谈论却不同他谈论，这是用沉默来挑逗他，以便自己取利，这些都是属于挖洞跳墙这一类型的。”

第三十二章

【原文】

孟子曰：“言近而指远者，善言也；守约而施博者①，善道也。君子之言也，不下带而道存焉②；君子之守，修其身而天下平。人病舍其田而芸人之田——所求于人者重，而所以自任者轻。”

【注释】

①施：施恩。

②不下带：带，束腰之带。

【译文】

孟子说："言语浅近而意义深远的，这是'善言'；操守简单，效果却广大的，这是'善道'。君子的言语，讲的虽是常见的事情，可是'道'就在其中；君子的操守，从修养自己开始，（然后去影响别人，）从而使天下太平。有些人的毛病就在于放弃自己的田地，却去替别人芸田——要求别人的很重，自己负担的却很轻。"

第三十三章

【原文】

孟子曰："尧舜，性者也；汤武，反之也。动容周旋中礼者，盛德之至也。哭死而哀，非为生者也。经德不回①，非以干禄也。言语必信，非以正行也②。君子行法，以俟命而已矣"。

【注释】

①经德不回：经，行也。"回"同"违"，谓违背礼节也。

②非以正行：不是为了让别人知道我行为端正。

【译文】

孟子说："尧舜的美德是出于本性，汤武则经过修身来恢复本性。动作容貌无不合于礼的，是美德中极高的了。哭死者而悲哀，不是做给生者看的。依据道德而行，不致违礼，不是为了谋求官职。言语一定信实，不是为了让人知道我行为端正。君子只是依法度而行，去等待命运罢了。"

第三十四章

【原文】

孟子曰："说大人，则藐之，勿视其巍巍然。堂高数仞[①]，榱题数尺[②]，我得志，弗为也。食前方丈，侍妾数百人，我得志，弗为也。般乐饮酒，驱骋田猎，后车千乘，我得志，弗为也。在彼者，皆我所不为也；在我者，皆古之制也，吾何畏彼哉？"

【注释】

①堂高：堂阶。

②榱题：本义是房椽子，此处可能指屋檐而言，榱音 cuī。

【译文】

孟子说："游说诸侯，就要藐视他，不要把他高高在上的地位放在眼里。殿堂的基础两三丈高，屋檐几尺宽，我如果得志，不这样干。菜肴满桌，姬妾几百，我如果得志，不这样干。饮酒作乐，驰驱畋猎，跟随的车子千把辆，我如果得志，不这样干。他所干的，都是我所不干的；我所干的，都符合古代制度，那我为什么要怕他呢？"

第三十五章

【原文】

孟子曰："养心莫善于寡欲。其为人也寡欲，虽有不存焉者①，寡矣；其为人也多欲，虽有存焉者，寡矣。"

【注释】

①不存，存：此指孟子所谓"善性""夜气"而言。此"存"字即《离娄下》第十九章和《告子上》第八章之"存"字。

【译文】

孟子说："修养心性的方法没有比减少物质欲望更好的。他的为人，欲望不多，善性纵使有所丧失，也不会多；他的为人，欲望很多，善性纵使有所保存，也是极少的了。"

第三十六章

【原文】

曾晳嗜羊枣[①]，而曾子不忍食羊枣。公孙丑问曰："脍
炙[②]与羊枣孰美？"

孟子曰："脍炙哉！"

公孙丑曰："然则曾子何为食脍炙而不食羊枣？"

曰："脍炙所同也，羊枣所独也。讳名不讳姓，姓所同也，
名所独也。"

【注释】

①羊枣：一种果实名，嫁接成为柿子。

②脍炙：肉细切剁碎叫脍。炙，烧肉。

【译文】

曾晳爱吃羊枣，（他儿子）曾子因而不忍心吃羊枣。公
孙丑问道："烤嫩肉和羊枣哪一种好吃？"

孟子说："烤嫩肉。"

公孙丑问："那么，曾子为什么吃烤嫩肉而不吃羊
枣呢？"

答道："烤嫩肉是大家都爱吃的，羊枣只是个别人爱吃
的。这就跟只避讳父母的名，却不避讳姓一样，因为姓是相

同的，名却是独有的。”

第三十七章

【原文】

万章问曰：“孔子在陈曰：‘盍归乎来！吾党之士狂简①，进取，不忘其初②。’孔子在陈，何思鲁之狂士？”

孟子曰：“孔子不得中道而与之③，必也狂狷乎④——狂者进取，狷者有所不为也。孔子岂不欲中道哉？不可必得，故思其次也。”

“敢问何如斯可谓狂矣？”

曰：“如琴张、曾皙、牧皮者⑤，孔子之所谓狂矣。”

“何以谓之狂也？”

曰：“其志嘐嘐然⑥，曰：‘古之人，古之人。’夷考其行而不掩焉者也⑦，狂者又不可得，欲得不屑不絜之士而与之，是狷也，是又其次也。孔子曰：‘过我门而不入我室，我不憾焉者，其惟乡原乎⑧！乡原，德之贼也。’”

曰：“何如斯可谓之乡原矣？”

曰：“何以是嘐嘐也？言不顾行，行不顾言，则曰：‘古之人，古之人⑨。行何为踽踽凉凉⑩？生斯世也，为斯世也，善斯可矣。’阉然媚于世也者，是乡原也。”

万子曰⑪：“一乡皆称原人焉，无所往而不为原人，孔子以为德之贼，何哉？”

道喜得行

曰："非之无举也，刺之无刺也，同乎流俗，合乎汙世，居之似忠信，行之似廉絜，众皆悦之，自以为是，而不可与入尧舜之道，故曰'德之贼'也。孔子曰：'恶似而非者：恶莠，恐其乱苗也；恶佞，恐其乱义也；恶利口，恐其乱信也；恶郑声，恐其乱乐也⑫；恶紫，恐其乱朱也；恶乡原，恐其乱德也。君子反经而已矣⑬。经正，则庶民兴；庶民兴，斯无邪慝矣。'"

【注释】

①吾党之士狂简：狂简，简，大，有志大、言大的意思，与世俗所谓"志大才疏"的人相类似。

②不忘其初：这可能是万章引孔子的话，意思是说不能改变他们的旧习染。

③孔子不得中道而与之：语见《论语·子路》篇，"孔子"下有"曰"字，"中道"作"中行"。

④狷（juàn倦）：一作獧，狷急，狷介，即性情正直，不肯同流合污的意思。

⑤琴张、牧皮：琴张，一般都以为字子张，即孔子弟子颛孙师。牧皮，生平已无从考查。

⑥嘐嘐（xiāo哮）：言大志大的样子。

⑦夷：平，辨；"夷考"有考察的意思。

⑧乡原：乡原一词，见《论语·阳货》篇，谨愿的人。

⑨"何以是嘐嘐也"至"古之人，古之人，"：是乡原讽刺狂者的话。

⑩行何为踽踽凉凉：踽踽（jǔ举），独行不进的样子；凉凉，薄，不被人亲厚。这是乡原讥讽狷者的话。

⑪万子曰：子，男子的美称。不称万章而称万子，是孟子对万章的赞赏。

⑫郑声：郑有重（chóng 重叠的重）的意思。郑声大概是指弦急柱促，声音复沓悦耳的乐歌。

⑬反经：反，复；经，常，万世不变的常道。

【译文】

万章问道："孔子在陈国时说，'何不归去呢！我们乡里的学生们不喜欢按照常规行事，志向大口气也大，一直没有改变他们的老脾气。'孔子在陈国，为什么要念叨着鲁国那些狂放之士呢？"

孟子说："孔子说过'得不到不偏不倚合于中行的人而加以奖掖鼓励，如果一定要奖掖鼓励一些人，那就只有狂放之士和狷介之士了啊！狂放的人富有进取心，狷介之士有所不为'。孔子难道不想得到不偏不倚合于中行的人吗？但不一定能得到，所以便只好想到次一等的人了。"

"请问怎样的人才可被称作狂放之士呢？"

答道："像琴张、曾晳、牧皮这一类人，就是孔子所称的狂放之士。"

"为什么说他们是狂放之士呢？"

答道："他们表现出志向大口气也大的样子，口里常是这样嚷着：'古代的人，古代的人。'但考察起他们的行为来，便不能和他们的语言密合无间。狂放之士又不易得到，（孔子）便想找到那些不屑干肮脏事的人而加以奖掖鼓励，这就是狷介之士，这又是（较狂放之士）次一等的人。孔子说：‘经过我的门口，却不进我的屋，而我并不感到遗憾的，那恐怕只有那些（虚伪透顶的）好好先生吧！那些好好先生，是损害道德的大害虫。’”

问道：“怎样的人才叫做好好先生呢？”

答道：“那些好好先生讥讽狂放之士和狷介之士说：‘干吗要这样志向高口气大呢？说的不管做的，做的不符合说的，光是叫嚷古代的人呀，古代的人呀。（你们这些狷介的人，）为什么把自己弄得这样孤单冷落呢？生在这个世界上，替这个世界上的人做事，混得差不多就可以嘛。’没有灵魂，装出一副讨好相，好让世上的人都喜欢他，这种人就叫做好好先生。”

万子说：“一乡的人都称他是好人，他无论到什么地方去都表现作好人，孔子却认为他是损害道德的大害虫，这是为什么呢？”

答道：“（像好好先生这种人，）你要指责他又举不出他什么太大的过错，你要讥刺他又像没有什么可讥刺的，这种人同流合污，平常与人相处好像忠厚老实，做起事来也好像廉洁方正，大家都喜欢他，他自己也沾沾自喜，觉得自己不错，但是与尧舜之道却是格格不入的，所以说是‘损害道德的大害虫’。孔子说：‘最讨厌的是那些外表相似实际却完全是两码事的东西：讨厌那些似苗非苗的狗尾草，为的是怕它混淆了禾苗；讨厌那些有歪才似义非义的人，为的是怕他们混淆了义；讨厌那些能说会道似信非信的人，为的是怕他们混淆了信实；讨厌那些声音复沓过分悦耳的乐曲，为的是怕它混淆了雅乐；讨厌那些似朱非朱的紫色，为的是怕它混淆了红色；讨厌那些似有德非有德的好好先生，为的是怕他们混淆了道德。所要求于君子的只不过是回到常道上来罢了。常道摆正了位置，百姓们便会积极奋发起来，百姓们积极奋发起来了，就不会有邪恶的事了。'"

第三十八章

【原文】

孟子曰："由尧舜至于汤，五百有余岁；若禹、皋陶，则见而知之；若汤，则闻而知之。由汤至于文王，五百有余岁，若伊尹、莱朱[1]，则见而知之；若文王，则闻而知之。由文王至于孔子，五百有余岁，若太公望、散宜生[2]，则见而知之；若孔子，则闻而知之。由孔子而来至于今，百有余岁，去圣人之世若此其未远也，近圣人之居若此其甚也，然而无有乎尔，则亦无有乎尔。"

【注释】

①莱朱：汤贤臣，一名仲虺（huǐ 悔），是汤的左相。
②散宜生：文王四臣之一，是散宜氏的后代，以文德著称。

【译文】

孟子说："从尧舜到商汤，共经过了五百多年；像禹和皋陶等人，是亲自看见因而知道尧舜治天下之道的；像商汤，便是经过传闻才知道尧舜治天下之道的。从商汤到文王，也是经过了五百多年，像伊尹、莱朱等人，是亲自看见因而知道商汤治天下之道的；像文王，便是经过传闻才知道商汤治天下之道的。从文王到孔子，又是经过了五百多年，像太公望、散宜生等人，是亲自看见因而知道文王治天下之道的；像孔子，便是经过传闻才知道文王治天下之道的。从孔子以来到今天，还只一百多年，离开圣人的时代是这样的不远，距离圣人的故乡又是如此的近，可是还没有继承道统的人，也就没有继承道统的人了，（这是不能不使人为之担忧的事。）"

尚

书

虞　书

尧　典①

【原文】

昔在帝尧，聪明文思②，光宅天下③。将逊于位④，让于虞舜，作《尧典》。

曰若稽古⑤，帝尧曰放勋，钦明文思安安⑥，允恭克让⑦，光被四表⑧，格于上下⑨。克明俊德⑩，以亲九族⑪。九族既睦，平章百姓⑫。百姓昭明，协和万邦。黎民于变时雍⑬。

乃命羲和⑭，钦若昊天⑮，历象日月星辰⑯，敬授人时。分命羲仲，宅嵎夷⑰，曰旸谷⑱，寅宾出日⑲，平秩东作⑳。日中㉑星鸟㉒，以殷仲春㉓。厥民析㉔，鸟兽孳尾㉕。申命羲叔，宅南交㉖，平秩南讹㉗，敬致㉘，日永㉙星火㉚。以正仲夏，厥民因㉛，鸟兽希革㉜。分命和仲，宅西，曰昧谷。寅饯

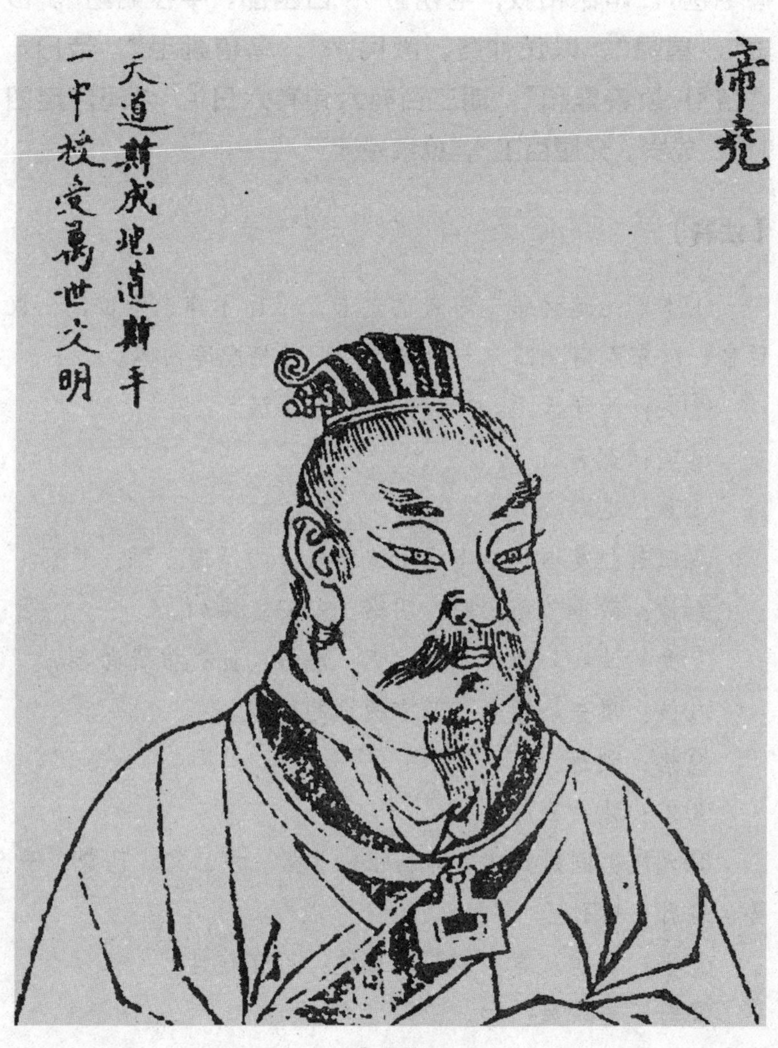

帝尧像

纳日^㉝，平秩西成^㉞。宵中^㉟星虚^㊱，以殷仲秋。厥民夷^㊲，鸟兽毛毨^㊳。申命和叔，宅朔方^㊴，曰幽都。平在朔易^㊵。日短^㊶，星昴^㊷，以正仲冬，厥民隩^㊸，鸟兽氄毛^㊹，帝曰："咨^㊺！汝羲暨和^㊻，期三百有六旬有六日^㊼，以闰月定四时^㊽，成岁。允厘百工^㊾，庶绩咸熙^㊿。"

【注释】

①本篇是追述帝尧事迹的史书，记述了禅让帝位，公议百官、以东西南北四方与春夏秋冬四时相配等内容。

②文：治理天下。思：虑事果断善谋。

③宅：充满。

④逊：退避。

⑤曰若：发语词，多用于追求往事的开端。稽：考察。

⑥钦：敬事节用。明：明察。安安：温和。

⑦允：诚实。恭：恭谨。克：能够。让：推贤尚善。

⑧被：覆盖。四表：四方极远的地方。

⑨格：到达。

⑩俊：才智高超。

⑪九族：同姓九代。即高祖、曾祖、祖、父、己身、子、孙、曾孙、玄孙。

⑫平：分辨。章：彰明。百姓：百官族姓。

⑬时：善。雍：和。

⑭羲和：羲氏与和氏，传说中世代掌管天地四时之官。

⑮若：遵循。昊：广大。

⑯历：推算。象：取法。

⑰宅：居住。隅：地名，相传在东海滨。

⑱旸谷：传说中日出之地。

⑲寅：敬。宾：迎。

⑳平秩：辨别测定。作：始。

㉑日中：指春分这一天。这一天昼夜长短相等，所以称为日中。

㉒星鸟：星名。

㉓殷：确定。仲：四季中每季中间一月。

㉔析：分开。

㉕孳尾：生育繁殖。

㉖交：指太阳由北向南转移的地方。

㉗讹：运行。

㉘致：到来。

㉙日永：指夏至这一天。这一天白昼最长，所以称为日永。永：长。

㉚星火：星名。

㉛因：就高地而居。

㉜希革：羽毛稀疏。

㉝饯：送行。纳日：日落。

㉞西成：太阳西没的时刻。成：终。

㉟宵中：指秋分这一天，这一天昼夜长短相等，所以称为宵中。

㊱星虚：星名。

㊲夷：平。指回到平地居住。

㊳毨：羽毛再生。

㊴朔方：北方。

㊵在：观察。易：变，这里指运行。

㊶日短：指冬至这一天。这一天白昼最短，所以称为日短。

㊷星昴：星名。

㊸隩：内，指入室内居住以避寒。

㊹氄毛：指生出柔软的细毛。

㊺咨：感叹词。

㊻暨：和，与。

㊼期：一周年。有：同“又”。

㊽闰月：一回归年的时间为三百六五天五时四八分四六秒，农历把一年定为三百五十四天或三百五十五天，所余时间约每三年积累成一个月，加在一年里，以补足天数，避免春夏秋冬四时错乱。这种办法，在历法上叫做闰月。

㊾允：用。厘：治。百工：百官。

㊿庶：众。熙：兴。

【译文】

从前唐尧为帝的时候，天性聪明睿智，治理天下多谋善断，因而他的光辉照耀天下。后来他打算退位，要把帝位禅让给虞舜。史官据此撰写出《尧典》。

考察古代的历史，帝尧名叫放勋，他治理天下政务严谨节用，谋虑明达，仪态文雅温和，诚信恭谨职守，推贤尚善，他的光辉普照四方，达于天地。他能够明扬才智美德，使自己的氏族亲善。当自己的氏族亲善以后，又辨明部落联盟百官的优劣。百官的优劣辨明了，部落联盟的全体成员才能变得和睦相处。

于是命令羲和，敬顺上天的旨意，推算日月星辰运行的规律，制定出历法，并郑重地将时令节气告诉人们。又分别命令羲仲，住在东方的旸谷，恭敬地迎接日出，辨别测定出日出的时刻。以昼夜平分的那天作为春分，以鸟星见于南方正中之时作为确定仲春时节的依据。此时，人们分散在田野，鸟兽开始生育繁殖。又命令羲叔，住在太阳由北向南转移的明都之地。辨别测定太阳往南运行的情况，恭敬地迎接太阳的到来。以白天最长的那天作为夏至，以火星见于南方正中之时作为确定仲夏时节的依据。此时，人们居住在高处，鸟兽的羽毛稀疏。又分命和仲，住在西方叫昧谷的地方，恭敬地送别落日，辨别测定太阳西落的时刻。以昼夜长短相等的那天为秋分，以虚星见于南方正中之时作为仲秋时节的依据。这时，人们住在平地上，鸟兽的毛开始重生。又命令和叔，住在北方叫幽都的地方，辨别测定太阳向北运行的情况。以白昼最短的那天为冬至，以昴星见于南方正中之时作为确定仲冬的依据。这时，人们居住在室内取暖，鸟兽长出了丰盛的细毛。尧帝说：“唉！羲与和啊，每一周年是三百六十六天，要加置闰月确定四季而成为一岁。据此来规定百官的事务，众多的事务因此就兴办起来了。”

【原文】

帝曰：“畴咨若时登庸①？”

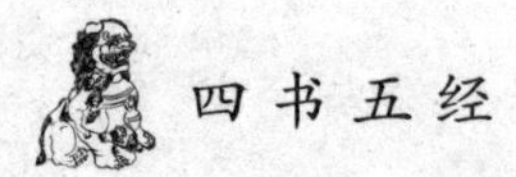

放齐曰[2]：“胤子朱启明[3]。”

帝曰：“嚚！讼可乎[4]？”

帝曰：“畴咨若予采[5]？”

欢兜曰[6]：“都[7]！共工方鸠僝功[8]。”

帝曰：“吁！静言庸违[9]，象恭滔天[10]。”

帝曰：“咨！四岳[11]，汤汤洪水方割[12]，荡荡怀山襄陵[13]，浩浩滔天[14]，下民其咨，有能俾乂[15]？”

佥曰[16]：“於[17]，鲧哉[18]。”

帝曰：“吁，咈哉[19]，方命圮族[20]。”

岳曰：“异哉！试可乃已[21]。”

帝曰：“往，钦哉[22]！”九载，绩用弗成。

帝曰：“咨！四岳，朕在位七十载[23]，汝能庸命，巽朕位[24]？”

岳曰：“否德忝帝位[25]。”

曰：“明明扬侧陋[26]。”

师锡帝曰[27]：“有鳏在下[28]，曰虞舜。”

帝曰：“俞[29]！予闻，如何？”

岳曰：“瞽子[30]，父顽，母嚚，象傲[31]，克谐，以孝[32]。蒸蒸乂，不格奸。”

帝曰：“我其试哉！”女于时[33]，观厥刑于二女[34]。厘降二女于妫汭[35]，嫔于虞[36]。

帝曰：“钦哉！”

【注释】

①畴：谁。若：顺应。登：升。庸：用。

②放齐：人名，尧帝的臣。

③胤：后代。朱：指尧帝的儿子丹朱。启明：明达。

④嚚：言语虚妄。讼：争辩。

⑤采：事。

⑥欢兜：人名，尧帝的臣，相传他与共狼狈为奸，为四凶之一。

⑦都：语气词，表赞美。

⑧共工：人名，尧帝的臣。相传为四凶之一。方：同“旁”，广泛。鸠：同“纠”，聚集。僝：显现。

⑨静言：巧言。

⑩滔天：对上天轻慢上敬。滔，轻慢。

⑪四岳：四方诸侯。

⑫汤汤：水流动的样子。割：害。

⑬荡荡：水势大的样子。怀：包。襄：上。

⑭滔天：这里是巨浪冲天的意思。

⑮俾：使义。义：治理。

⑯佥：都。

⑰於：语气词，表赞美。

⑱鲧：人名，尧帝的臣，夏禹之父。

⑲咈：违背。

⑳方命：放弃教命。方，同“放”。圮：毁坏。族：族类。

㉑试可乃已：试用一下，不行就算了。

㉒钦：敬。

㉓朕：我。

㉔巽：履行。

㉕否：鄙陋。忝：辱没，不配。

㉖扬：推举。侧陋：指地位卑微的人。

㉗师：众。锡："赐"，意为赐言，即提议。古时下对上亦可言赐。

㉘鳏：困苦。

㉙俞：副词，表示应对中的肯定意味。

㉚瞽：指舜的父亲乐官瞽。瞽：瞎子。

㉛象：指舜之弟象。

㉜蒸蒸：厚美。

㉝女：动词，嫁女。时：同"是"，指代舜。

㉞刑：这里是德行的意思。二女：相传尧有两个儿女，一名娥皇，一叫女英。

㉟厘：命令。妫：水名。汭：河弯。

㊱嫔：嫁人为妇。

【译文】

帝尧说："啊！谁能顺应天时而提升任用呢？"放齐说："您的儿子丹朱开明通达事理。"帝尧说："唉！他言语虚妄，又好争辩，可以吗？"

帝尧说："啊！谁能为我处理好政事呢？"欢兜说："哦！共工已广积了显见的功绩。"帝尧说："哼！这个人话说得漂亮，作起来就相违背，表面上恭恭敬敬，内心里却连上天都怠慢不敬。"

帝尧说："唉！四方的首领们，汹涌的洪水到处为害，

帝舜像

大水包围了高山，淹没了丘陵，浩浩荡荡弥漫天际。天下民众都在哀叹，有谁能使洪水得到治理呢？”众人都说：“啊！鲧可以呀。”帝尧说：“哼！这个人违背天意，不服从命令，危害族人。”四方首领回答说：“情况和你说的不一样吧！先试试看，如果可以就任用。”帝尧（对鲧）说：“前去赴任吧，要谨慎啊！”过了九年，鲧没有取得什么成绩。

尧说：“唉！四方诸侯之长啊！我在位七十年，你们谁能顺应天命代我行天子之位呢？”四方诸侯之长说：“我们没有那德才登上帝王之位。”尧说：“要查明王室周围及地位虽低贱实际却有贤才的人！”大家告诉尧说：“在民间有个处境困苦的人，名叫虞舜。”尧说：“是呀！我也听说过这个人，他的德行怎么样呢？”四方诸侯之长说：“他是乐官瞽瞍的儿子，其父心术不正，母善于说谎，弟名象，十分傲慢。而舜和他们却能和睦相处，以自己孝行美德感化他们，家务处理得十分妥善。家人也都改恶从善，使自己的行为不至流于奸邪。”尧说：“让我考验考验他吧！”于是决定把两个女儿嫁给舜，通过女儿考查他的德行。尧命令在妫河的隈曲处举行婚礼，两个女儿做了虞舜的妻子。尧说：“你要严肃恭谨地处理政务啊！”

舜 典①

【原文】

虞舜侧微②，尧闻之聪明，将使嗣位③，历试诸难，作《舜典》。曰若稽古帝舜，曰重华，协于帝④。浚哲文明⑤，温恭允塞⑥。玄德升闻⑦，乃命以位，慎徽五典⑧，五典克从⑨。纳于百揆⑩，百揆时叙⑪。宾于四门⑫，四门穆穆⑬。纳于大麓⑭，烈风雷雨弗迷⑮。

帝曰："格⑯！汝舜。询事考言⑰，乃言底可绩⑱，三载。汝陟帝位⑲。"舜让于德⑳，弗嗣。

正月上日㉑，受终于文祖㉒。在璇玑玉衡㉓，以齐七政㉔。肆类于上帝㉕，禋于六宗㉖，望于山川㉗，遍于群神。辑五瑞㉘，既月乃日㉙，觐四岳群牧㉚，班瑞于群后㉛。

岁二月，东巡守，至于岱宗㉜，柴㉝。望秩于山川㉞，肆觐东后。协时月正日㉟，同律度量衡㊱。修五礼、五玉、三帛、二生、一死贽㊲，如五器㊳，卒乃复㊴。五月，南巡守，至于南岳，如岱礼。八月，西巡守，至于西岳，如初。十有一月，朔巡守㊵，至于北岳，如西礼。归，格于艺祖㊶，用特㊷。

【注释】

①本篇记述了舜即帝位前能够经受住各种考验，即位后

勤政任贤，为民事鞠躬尽瘁的事迹。

②侧微：隐居民间。出身微贱。

③融：继承。

④协：协和一致。

⑤浚：深。哲：智慧。

⑥允：确定。塞：充满。

⑦玄德：潜蓄不显于外的品德。

⑧徽：美，善。

⑨五典：指五常之父，即教义、母慈、兄友、弟恭、子孝。

⑩纳：赐予职权。百揆：百官事务。

⑪时叙：承顺。

⑫宾：迎接宾客。

⑬穆穆：和睦。

⑭大麓：官名，看守山林的官吏。

⑮迷：迷误。

⑯格：呼语，来。

⑰询：谋划。

⑱底：一定。

⑲陟：登上。

⑳德：指有德之人。

㉑上日曰：吉日。

㉒终：指尧因年迈而禅让的帝位。文祖：尧的太庙。

㉓在：观察。璇玑玉衡：北斗七星。璇玑为魁，玉衡为杓。

㉔齐：排列。政：七项政事。即祭祀、班瑞、东巡、南巡、西巡、北巡、归格艺祖。

㉕肆：于是。类：祭祀名，是向天报告继承帝位之事的祭礼。

㉖祭礼名。六宗：指天地与四季。"万物非天不覆，非地不载，非春不生，非夏不长，非秋不收，非冬不藏"，故称天地合四季为六宗。

㉗望：祭祀山川之礼为望。

㉘辑：聚集。五瑞：诸侯作为信符的五种玉器。分五等：公，桓圭；侯，信圭；伯，躬圭；子，谷璧；男，蒲璧。

㉙既月乃日：选了吉月，又择吉日，月、日在这里均为动词。

㉚觐：朝见天子为觐。牧：官长。

㉛班：同"颁"。后：诸侯国国君。

㉜岱宗：东岳泰山。

㉝柴：祭祀名，其法为积柴加牲其上而烤之。

㉞秩：次序。

㉟协：确定。时：四季。正：确定。

㊱同：统。律：古乐音律。度：丈尺。量：斗斛。衡：斤两。

㊲五礼：公侯伯子男五等礼节。五玉：即上文的五瑞。三帛：供垫玉用的赤、黑、白三种颜色的丝织品。二生：活羊羔和雁，生，即"牲。"一死，一只死野鸡。贽：贽礼，即朝见时的贡品。

㊳如：而。五器：即上文的五玉。

㊴卒：指礼毕。复：归还。

㊵朔：北方。

㊶格：列。艺祖：即上文的文祖。

㊷特：公牛。

【译文】

虞舜出身卑贱，隐居民间，尧帝听说他聪明，打算让他继承自己的帝位，好几次用难办的事考验他，史官根据这些情况写作了《舜典》。

查考往事。舜帝名叫重华，与尧帝合志。他有深远的智慧，而又文明、温恭、诚实。他的潜德上传被朝廷知道后，尧帝于是授给了官位。

舜慎重地赞美父义、母慈、兄友、弟恭、子孝五种常法，人们都能顺从。舜总理百官，百官都能承顺。舜在明堂四门迎接四方宾客，四方宾客都肃然起敬。舜担任守山林的官，在暴风雷雨的恶劣天气也不迷误。

尧帝说："来吧！舜啊。我同你谋划政事，又考察你的言论，你提的建议用了可以成功，已经三年了，你登上帝位吧！"舜要让给有德的人，不肯继承。

正月初一，舜在尧的太祖庙接受尧的禅让。他观察了北斗七星，列出了七项政事。于是类祭上帝，洁祭天地四时，望祭山川和群神。他又聚敛了诸侯的五种用作凭借的瑞玉，选定月日，让四岳和各诸侯君主来朝见，然后把用作凭信的瑞玉分发给各位君主。

这年二月，舜到东方巡视，到达泰山，举行了柴祭。又按尊卑依次望祭山川，然后接受东方诸侯国君主的朝见。协调四季的月份，确定天数，统一音律和度量衡。修正公、侯、伯、子、男朝见天子的五等礼节，以五种瑞玉、三种不同颜色的丝绸、活的羔羊和雁、死的野雉作为觐见时携带的礼品。而那收回来的五种瑞玉在礼节完毕后赐还给诸侯国君主。五月，舜向南方巡视，到达南岳。所举行的礼节如同巡视泰山之礼。八月，舜向西方巡视，到达西岳，所举行的礼节如同当初巡视泰山之礼。十一月，舜到北方巡视，到达北岳，所举行的礼节如同巡视西岳之礼。回来后，到尧的太祖庙祭祀，用一头公牛作祭品。

【原文】

五载一巡守，群后四朝[1]，敷奏以言[2]，明试以功，车服以庸[3]。

肇十有二州[4]，封十月二山[5]，浚川[6]。

象以典刑[7]，流宥五刑[8]，鞭作官刑，扑作教刑[9]，金作赎刑。眚灾肆赦[10]，怙终贼刑[11]。钦哉，钦哉，惟刑之恤哉[12]。

流共工于幽州，放欢兜于崇山，窜三苗于三危[13]，殛鲧于羽山[14]，四罪而天下咸服。

二十有八载，帝乃殂落[15]，百姓如丧考妣[16]。三载，四海遏密八音[17]。月正元日，舜格于文祖，询于四岳[18]，辟四门，明四目，达四聪。

"咨，十有二牧[19]！"曰："食哉惟时！柔远能迩[20]，德允元[21]，而难任人[22]，蛮夷率服[23]"。

舜曰："咨，四岳！有能奋庸熙帝之载[24]，使宅百揆亮采[25]，惠畴[26]？"

佥[27]曰："伯禹作司空[28]。"

帝曰："俞，咨！禹，汝平水土，惟时懋哉[29]！"禹拜稽首[30]，让于稷契暨皋陶。

帝曰："俞，汝往哉！"

帝曰："弃，黎民阻饥[31]，汝后稷[32]，播时百谷[33]。"

帝曰："契，百姓不亲，五品不逊[34]，汝作司徒[35]，敬敷五教[36]，在宽。"

帝曰："皋陶，蛮夷猾夏[37]，寇贼奸宄[38]。汝作士[39]，五刑有服。[40]五服三就[41]，五流有宅[42]，五宅三居[43]。惟明克允！"

帝曰："畴若予工[44]？"

佥曰："垂哉[45]！"

帝曰："俞，咨！垂，汝共工[46]。"垂拜稽首，让于殳斨暨伯与[47]。"

帝曰："俞，往哉！汝谐[48]。"

帝曰："畴若予上下草木鸟兽[49]？"

佥曰："益哉[50]。"

帝曰："俞，咨！益，汝作朕虞[51]。"益拜稽首，让于朱虎、熊罴。[52]"

帝曰："俞，往哉！汝谐。"

帝曰："咨！四岳，有能典朕三礼[53]。"

佥曰："伯夷[54]。"

帝曰："俞，咨！伯，汝作秩宗[55]，夙夜惟寅[56]，直哉惟清[57]。"

【注释】

①四朝：在四岳朝见。

②敷奏：报告。

③庸：功劳。

④肇：开始。

⑤封：封土为坛。

⑥浚：疏通。

⑦象：刻、画。典刑：常用的刑罚。典：常。这句话的意思是把常用的刑罚刻画在器物上，以示警诫。

⑧流：流放。宥：宽恕。五刑：指墨、劓剕宫。大辟五种刑罚。

⑨扑：古代学校用来打人的木棍。

⑩眚：过失。

⑪怙：坚持。贼："则"的假借字。

⑫恤：谨慎。

⑬窜：逐。三苗：古国名。三危：古地名。

⑭殛：流放。羽山：古地名。

⑮殂落：死亡。

⑯考：死去的父亲。妣：死去的母亲。

⑰遏：断绝。密：寂静。八音：金、石、丝、竹、匏、土、革、木，这里泛指一切音乐演奏。

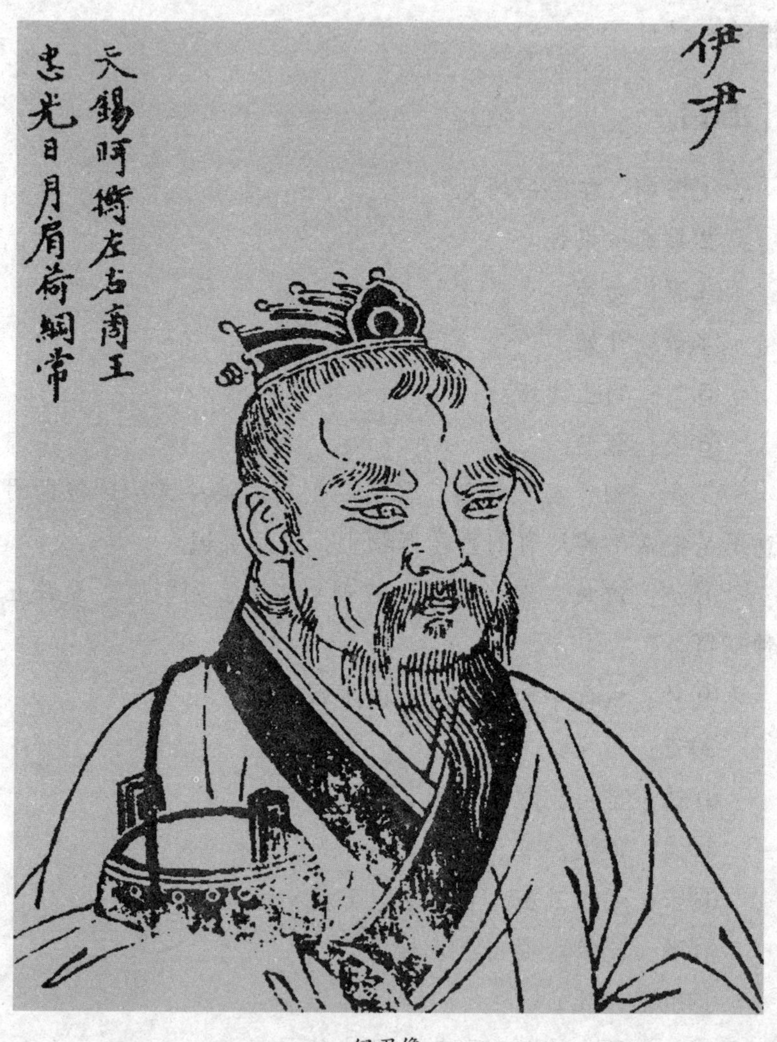

伊尹像

⑱询：商议，谋划。

⑲牧：长官。

⑳柔：安抚。能：善。迩：近。

㉑惇：厚。允：诚信。元：善。

㉒难：疏远。任人：奸邪之人。任：佞。

㉓率：都。

㉔熙：光大。载：事。

㉕惠：助词，无义。畴：谁。

㉖佥：都。

㉗司空：官名，三公之一，掌管土地。

㉘时：是，这，指上文所说的官职。懋：勉力。

㉙稽首：叩头。

㉚暨：和，与。

㉛黎：众。阻：困。

㉜后：君长，这里是主持的意思。稷：官名，主管农业。

㉝时：同莳，栽种。

㉞五品：父、母、兄、弟、子。逊：和顺。

㉟司徒：官名，三公之一，主管教化。

㊱敷：施行。五教：即五品之教。

㊲猾：扰乱。夏：中国。

㊳寇：抢劫。贼：杀人。奸：外部的贼寇。宄：内部的奸佞。

㊴士：狱官之长。

㊵服：用。

㊶三：指三个远近不同的地方，即野、市、朝。

㊷五流：五种流刑。宅：处所。

㊸三居：远近各异的三个地方。

㊹若：善。工：掌管百工之官。

㊺垂：人名。

㊻共工：官名。

㊼殳斨：人名。伯与：人名。

㊽谐：同偕。一同去。

㊾上下：指山陵和草泽。

㊿益：人名。

(51)虞：管理山林之官。

(52)朱虎：熊罴均为人名。

(53)典：主持。三礼：天事，地事，人事之礼。

(54)伯夷：人名。

(55)秩宗：官名。掌管祭祀礼义之官。

(56)夙：早晨。寅：恭敬。

(57)直：正直。清：清明。

【译文】

以后，每五年巡视一次，诸侯按所在方位分别在四岳朝见。舜令诸侯逐一述职，陈奏治国见解，有良策则明试其功效，有功劳则以车马、衣服作奖赏。

舜开始将天下划分为十二个州，在十二州的名山上封土为坛举行祭祀，又疏通江河水道。

舜又将常规刑罚刻画在器物上。用流放迁逐的办法宽恕犯有五刑的罪人，用鞭打作为官吏治理民事时使用的刑罚，用戒尺和刑杖扑责作为惩罚违反教训者使用的刑罚，用罚金作用赎罪的刑罚。偶因过失而造成祸害就赦免他，有所依仗而终不悔改就施以刑罚。谨慎啊，谨慎啊，用刑一定要谨慎。

舜将共工流放到幽州，把欢兜放逐到崇山，把三苗驱逐到三危，把鲧拘禁在羽山。这四个人受到惩处，天下人都心悦诚服。

舜继承帝位二十八年后，尧帝逝世了。人们好像死了父母一样悲痛，三年间，全国上下一片寂静，断绝了乐音。三年后正月的一个吉日，舜到了尧的太庙，与四方诸侯君长谋划政事，打开明堂四门宣布政教，使四方见得明白真切，听得清楚全面。

"啊，十二州的君长！"舜帝说，"生产民食，必须不违农时！安抚远方的臣民，爱护近处的臣民，亲厚有德的人，信任善良的人，拒绝邪佞的人，能够这样，边远的外族都会服从你们。"

舜帝说："啊！四方诸侯的君长！有谁能奋发努力、发扬光大尧帝的事业，身居百揆之官辅佐政事呢？"

都说："伯禹可以作司空。"

舜帝说："好啊！禹，你曾经平定水土，现在你要奋勉啊！"禹跪拜叩头，让给稷、契和皋陶。

舜帝说："好啦，还是你去吧！"

舜帝说："弃，人们忍饥挨饿，你主持农业，教人们播种各种谷物吧！"

舜帝说：“契，百姓不亲，父母兄弟子女都不和顺。你作司徒吧，谨慎地施行五常教育，要注意宽厚。”

舜帝说：“皋陶，外族侵扰我们中国，抢劫杀人，造成外患内乱。你作狱官之长吧，五刑各有使用的方法，五种用法分别在野外、市、朝三处执行。五种流放有各自的处所，分别流放到三个远近不同的地方。要明察案情，处理公允！”

帝舜说：“谁能担当好主管我们百工的官职？”众人都说：“垂啊！”帝舜说：“好吧，垂啊！你去作主管百工的官吧。”垂跪拜叩头，谦让给殳斨和伯与。帝舜说：“好了，去吧，你适合担当此任。”

帝舜说：“谁适合担当主管我们山林草泽鸟兽的官职呢？”众人都说：“益呀！”帝舜说：“好吧，益呀！你去作我的虞官吧。”益跪拜叩首，要求让位给朱虎和熊罴。帝舜说：“好了，去吧！你适合担当此任。”

帝舜说：“啊！四方的首领们，有谁能为我主持祭祀天、地、宗庙的三礼呀？”众人都说：“伯夷！”帝舜说：“好吧，伯夷呀！你去作秩宗之官。从清晨到深夜都要谨慎恭敬，正直而又清明。”

【原文】

伯拜稽首，让于夔龙①。

帝曰：“俞，往，钦哉！”

帝曰：“夔！命汝典乐②，教胄子③，直而温，宽而栗④，刚而无虐[5]，简而无傲。诗言志，歌永言[6]，声依永，律和声。八音克谐，无相夺伦[7]，神人以和。"

夔曰："於[8]！予击石拊石[9]，百兽率舞。"

帝曰："龙，朕即逸说殄行[10]，震惊朕师[11]。命汝作纳言[12]，夙夜出纳朕命，惟允！"

帝曰："咨！汝二十有二人，钦哉！惟时亮天功[13]。"

三载考绩，三考，黜陟幽明[14]，庶绩咸熙[15]，分北三苗[16]。

舜生三十征庸[17]，三十在位五十载，陟方乃死[18]。

【注释】

①夔龙：人名。

②乐：官名，掌管音乐之官。

③胄子：稚子。

④栗：战栗，这里是谨慎的意思。

⑤无：不要。

⑥永：同"咏"。

⑦夺：失去。伦：次序。

⑧於：感叹词。

⑨拊：轻轻敲击。石：乐器，即磬。

⑩即：厌恶。殄：贪婪。

⑪师：民众。

⑫纳言：官名，帝王的代言人。

⑬天功：天下大事。

⑭黜：罢免。陟：提升。

⑮熙：兴盛。

⑯分北：分别。北同"背"，别。

⑰征庸：被征召、任用。

⑱陟方：这里指南巡衡山。方，方岳，即四岳。四岳乃四方之岳，故称方岳。相传舜时衡山一带的有苗作乱，舜南征有苗，死于苍梧之野。

【译文】

伯夷跪拜叩首，谦让给夔与龙。帝舜说："好吧，去吧，要谨慎啊！"

帝舜说："夔！命你去主管音乐，教导贵族的长子，使他们正直而温和，宽厚而庄重，刚毅而不暴虐，简约而不傲慢。诗是表达志向的，歌是咏唱语言的，五声与咏唱相依，六律与五声相和。八类乐器声音能相和谐，而不要乱了次序，神与人都会因此和谐了。"夔说："啊！我敲击石制乐器，扮演百兽的舞队都随着跳起舞来。"

帝舜说："龙，我憎恶谗言恶行，因为它使我的民众惊恐。命你作纳言之官，日夜宣示我的命令传达下面的意见，要诚信不伪。"

帝舜说："啊！你们二十二人，要谨慎啊！要时时想着上天的旨意，帮助成就功业。"帝舜三年考核一次政绩，经过三次考核，罢黜昏庸的提升贤明的，各项事业都兴旺发达起来。对三苗一一鉴别，作了不同安置。

舜三十岁被征召任用，考察试用三十年，居帝位五十年，在巡守南方时死去。

大禹谟①

【原文】

皋陶矢厥谟②，禹成厥功③，帝舜申之④。作《大禹谟》、《皋陶谟》、《益稷》。

曰若稽古。大禹曰："文命敷于四海⑤，祗承于帝⑥。"曰："后克艰厥后⑦，臣克艰厥臣，政乃义⑧，黎民敏德⑨。"

帝曰："俞！允若兹⑩，嘉言罔攸伏⑪，野无遗贤，万邦咸宁。稽于众，舍己从人，不虐无告⑫，不废困穷，惟帝时克。"

益曰："都，帝德广运⑬，乃圣乃神⑭，乃武乃文⑮。皇天眷命⑯，奄有四海为天下君⑰。"

禹曰："惠迪吉⑱，从逆凶，惟影响⑲。"

益曰："吁！戒哉！儆戒无虞⑳，罔失法度，罔游于逸㉑，罔淫于乐㉒。任贤勿贰，去邪勿疑。疑谋勿成㉓，百志惟熙㉔。罔违道以干百姓之誉㉕，罔咈百姓以从己之欲。㉖无怠无荒，四夷来王㉗。"

【注释】

①本篇是舜帝和大臣禹以及益，皋陶讨论政务的记录。记述了尧帝的功绩和禹、益、皋陶的治国见解。

②矢：陈述。谟：谋画。

③成：陈述。

④申：重视。

⑤文命：文德之教。敷：遍布。

⑥祗：恭敬。

⑦后：君王。艰，以……为艰。

⑧治理。

⑨敏：勤勉。

⑩兹：这。

⑪罔：无，不要。攸：所。

⑫无告：无处求告的人，指鳏寡孤独者。

⑬广：大。运：远。

⑭乃：语助词。圣：圣明。神：神妙。

⑮武：能平定祸乱。文：能经天纬地。

⑯眷：念。

⑰奄：覆，盖。

⑱惠：顺。迪：道理。

⑲影响：影随形，响应声，意思是君王要顺应天道，把当好君王视为难事。

⑳儆：戒备。虞：预料。

㉑逸：放纵。

㉒淫：过分。

㉓成：实现。

㉔熙：广。

㉕干：求。

㉖咈：违反。

㉗王：使……为王。

【译文】

　　皋陶陈述了自己的谋略，禹陈述了自己的功业，舜帝对他们的言论很重视。史官记录下他们之间的对话，撰写出《大禹谟》、《皋陶谟》和《益稷》。

　　查考古时传说，知道那时舜帝跟大臣禹和皋陶有过一番对话。大禹说："将文德之教播扬于天下，是恭承尧舜二帝的风范。"又说："如果君王能把做好君王视为畏途，臣子能把做好臣子看得十分艰难，那么国事就会治理好，臣民也都会勉力恭行德教了。"

　　舜帝说："是啊！如果真是这样，那么那些良善的言论就不会被埋没，贤德的俊才就不会被遗弃在民间，万国也都会太平无事了。参考众人的言论，抛弃自己的错误想法，采纳别人的正确意见，不虐待孤苦无依的人，不嫌弃困窘贫穷的人，这些，只有尧帝才能做得到。"

　　益说："啊！尧帝的德行气象广大而影响深远，多么圣明，多么神妙，施于武功能够平定祸乱，行于文治能够治国安邦。尧帝时时顾念上天之命，深知不可违误，便勤勉理政，终于拥有四海，而成为主宰天下的君王。"

　　禹说："遵从善道就会获得吉祥，依顺恶道就会招致凶险，吉与凶、善与恶之间，就如同影子之于形体，回音之于声响一样，彼此有一种因果关系。"

　　益说："嘘！要多加警戒啊！要防备预料不到的事情，不要违反法度，不要纵情游玩，不要过分享乐。任用贤良不

夏禹像

要三心二意，除去奸邪不要犹豫不决。把握不准的主意，不要去实行。考虑问题的时候，思路应当开阔。不要违背正道去谋求百姓的赞誉，不要违背百姓的意愿去满足自己的欲望。只要坚持正道，不怠惰，不荒疏，四方的异族就会前来归附，尊你为王。”

【原文】

禹曰：“於！帝念哉！德惟善政，政在善民。水、火、金、木、土、谷惟修，正德，利用、厚生惟和①，九功惟叙②，九叙惟歌③。戒之用休④，董之用威⑤，劝之以九歌，俾勿坏⑥。”

帝曰：“俞！地平天成⑦，六府三事允治，万世永赖⑧，时乃功⑨。”

帝曰：“格⑩，汝禹！朕宅帝位三十有三载，耄期倦于勤⑪。汝惟不怠，总朕师⑫。”

禹曰：“朕德罔克，民不依。皋陶迈种德⑬，德乃降⑭，黎民怀之⑮。帝念哉！念兹在兹⑯，释兹在兹，名言兹在兹⑰，允出兹在兹⑱，惟帝念功。”

帝曰：“皋陶，惟兹臣庶，罔或干予正⑲。汝作士⑳，明于五刑，以刑五教㉑。期于予治㉒，刑期于无刑，民协于中㉓，时乃功，懋哉㉔。”

皋陶曰：“帝德罔愆㉕，临下以简，御众以宽㉖。罚弗及嗣㉗，赏延于世㉘。宥过无大㉙，刑故无小。罪疑惟轻，功疑惟重。与其杀不辜，宁失不经[30]。好生之德[31]，洽于民心[32]，兹用不犯于有司。[33]”

帝曰：“俾予从欲以治，四方风动[34]，惟乃之休。”

帝曰：“来，禹！降水儆予，成允成功[35]，惟汝贤。克勤于邦，克俭于家，不自满假[36]，惟汝贤。汝惟不矜[37]，天下莫与汝争能。汝惟不伐[38]，天下莫与汝争功。予懋乃德，嘉乃丕绩[39]，天之历数在汝躬[40]，汝终陟元后。人心惟危，道心惟微[41]，惟精惟一，允执厥中。无稽之言勿听，弗询之谋勿庸。可爱非君？可畏非民？众非元后[42]何戴[43]？后非众罔与守邦。钦哉！慎乃有位[44]，敬修其可愿[45]，四海困穷，天禄永终[46]。惟口出好[47]兴戎，朕言不再。”

【注释】

①正德：使德行正当。正，使……正。德，指父慈，子孝，兄友，弟恭，夫义，妇顺。利用：兴利除弊，提供物用。厚生：使人民丰衣足食。

②九功：上文的水、火、金、木、土、谷，即下文所称的六府，正德、利用、厚生，即下文所称的三事，合六府三事，总称九功。叙：安排。

③歌：颂扬。

④休：美德。

⑤董：监督，管理。

⑥俾：使。

⑦天：指自然界的万物。

⑧赖：利。

⑨时：代词，同"是"，即这。乃：你的。

⑩格：呼语，来。

⑪耄：年迈。八九十岁年纪称耄。期：年迈。百岁称期颐。

⑫总：领，统师。

⑬迈：健行。种：分布。

⑭降：遍及。

⑮怀：归附。

⑯兹：这。前者指代德，后者指代皋陶其人。

⑰名言：称言使之扬名，即称颂。

⑱出：行。

⑲或：有人。干：冒犯。正：同"政"。

⑳士：官名。

㉑刑：辅佐。五教：即君、父子、夫妇、长幼、朋友五品之教。

㉒期于予治：希望助我治理政事。

㉓中：中正。

㉔懋：鼓励。

㉕愆：过失。

㉖御：驾驭。

㉗嗣：子孙。

㉘延：延续，世：后世。

㉙宥：宽恕。过：过错，不知而犯的过错为过，下文的"故"则是明知故犯的过错。无大：不论多大。

㉚不经：不守正道之罪过。

㉛好：爱惜。生：生灵。

㉜洽：和谐，欢洽。

㉝有司：官府。

㉞风动：风吹草动，比喻纷纷响应。

㉟成允：说到做到。允：信实。

㊱自满假：即自满自假，假：浮夸。

㊲矜：夸耀。

㊳伐：夸耀。

㊴丕：大。

㊵历数：即气数。躬：自身。

㊶道心：合乎道义之心。

㊷非：除非。

㊸戴：拥戴。

㊹慎乃有位：慎守你的职责。

㊺可愿：所愿。

㊻终：止。

㊼好：这里指善言。戎：战争。

【译文】

禹说："啊！舜帝，请你仔细思量思量益所说的这番话吧！所谓有德，就是能够妥善处理政事，而政事的根本则在于养活和教育百姓。水、火、金、木、土、谷这六件事固然应该治理，而端正人们的德行，为人们的物用提供便利，使人们的生活富足起来，这三件事也要同时办好。以上这九件事一定要办好；而一旦这九件事办好了，人民就会颂扬君王的德政。要用美好的德政劝诫众人，用严峻的刑罚督察众人，用九歌勉励众人，以确保君王的德政不致被败坏。"

舜帝说："你的意见非常正确！水土得到平治，万物顺利成长，六府三事都真正得到治理，使天下千秋万世永享其利，这都是你的功劳。"

帝舜说："往前来，禹！我居帝位三十三年了，我已是近百岁的人了，由于勤劳治事，感到十分疲倦，你没有懈怠，总领我的民众吧。"

大禹说："我的德行还不能胜任，民众也不会依附。皋陶勇往力行，广施德行，德行普及到黎民百姓，民众怀念他。君主您应当考虑这些！考虑到德行为皋陶所具备，对德自心喜悦的是皋陶，对德诚服发自内心的也是皋陶。君主，你要考虑皋陶的功绩呀！"

帝舜说："皋陶！这些臣民，没有违犯我的政事，你作为主管刑狱的士官，明白用五刑来辅助五教，合于我的统治。施用五刑的目的是为了不用五刑，这样民众都能服从于中道。这是你的功绩，值得勉励呀！"

皋陶说："帝舜，您的德行是没有过失的。对待臣下简约，控制民众宽容，惩罚不连带子孙，奖赏延续至后代。如果是过失犯罪，无论多大，都可以得到宽恕；如果是故意犯罪，无论多小，都要施用刑罚。罪行处罚轻重无法确定时，就从轻处理；功绩奖赏轻重无法确定时，就从重赏赐。与其误杀无罪的人，宁可放过不遵守常法的人。这种爱惜民众生命的德行，和谐民心。因此，民众不会触犯刑法。"

帝舜说："使我能够如愿地治理天下，四方百姓风起响应，这是你的美德。”

舜帝说："来吧，禹啊！洪水警告我们，你言行一致，完成了治水大业，这是你的贤能。能为国家大事不辞辛劳，居家生活俭朴，不自满、不浮夸，也是你的贤能。你不夸耀自己的才能，因此，天下的人没有谁与你争能；你不夸耀自己的功绩，因此，天下的人没有谁与你争功。我认为你有大德，赞美你的大功，帝王相继的次序应在你身上，你终当登上大君之位。现在人心动荡不安，道心幽昧难明，只有精诚专一，实实在在地实行中正之道。没有经过验证的话不轻信，没有征询过众人意见的谋略不轻用。百姓所爱戴的不是君王吗？君王所畏惧的不是百姓吗？百姓没有君王，还拥戴什么人？君王没有百姓，就没有谁来保卫国家。君王同百姓的关系这样密切，你要谨慎啊！谨慎行使你的职守，恭敬地施行你希望做的事，如果天下的百姓困苦贫穷，你的禄位就会永远终结。至于口能赞扬善良言行，也能引起兵争，您很清楚，我就不再重复了。"

【原文】

禹曰："枚卜功臣[1]，惟吉之从。"

帝曰："禹！官占惟先蔽志[2]，昆命于元龟[3]。朕志先定，询谋佥同。鬼神其依，龟筮协从[4]，卜不习吉[5]。"

禹拜稽首固辞。

帝曰："毋，惟汝谐[6]。"

苏武像

正月朔旦[7]，受命于神宗[8]，率百官若帝之初。

帝曰："咨，禹！惟时有苗弗率[9]，汝徂征[10]。"

禹乃会群会，誓于师曰："济济有众，咸听朕命。蠢兹有苗[11]，昏迷不恭，侮慢自贤，反道败德，君子在野，小人在位，民弃不保，天降之咎[12]，肆予以尔众士，奉辞罚罪[13]。尔尚一乃心力[14]，其克有勋。"

三旬，苗民逆命[15]。益赞于禹曰[16]："惟德动天，无远弗届[17]，满招损，谦受益，时乃天道。帝初于历山[18]。往于田，日号泣于旻天[19]。于父母，负罪引慝[20]，祗载见瞽瞍[21]，夔夔斋栗[22]，瞽亦允若。至诚感神[23]，矧兹有苗[24]。"

禹拜昌言曰[25]："俞！"班师振旅。帝乃诞敷文德[26]，舞干羽于两阶[27]，七旬有苗格[28]。

【注释】

①枚卜：占卜。古代用占卜选官，吉者入选。

②蔽：断定。

③昆：然后。元龟：大龟。

④龟筮：即龟甲和蓍草。二者均为古人占卜的工具。

⑤习：重复。

⑥谐：适合。

⑦朔：农历每月初一。

⑧神宗：尧的宗庙。神字在这里表示尊敬。

⑨有苗：一古代部族，又称三苗。有，名词词头，无义。率：遵。

⑩徂：往。

⑪蠢：骚动不安的样子。

⑫眚：灾。

⑬辞：指上文舜所说的"惟时有苗弗率，汝徂征。"

⑭一：动词，统一。

⑮逆：违。

⑯赞：辅佐。

⑰届：到。

⑱帝初于历山：指舜当初曾在历山种田。

⑲天：天空。

⑳负罪：自己承担罪名。引：招来。慝：指邪恶的名声。

㉑载：侍奉。瞽叟：即瞽瞍，舜的父亲。

㉒夔夔：敬惧的样子。斋栗：庄敬的样子。

㉓诚：诚信。

㉔矧：何况。

㉕拜：拜而接受。昌言：美言。

㉖诞：广。

㉗干：盾。羽：羽毛舞具，即翳。

㉘格：本义为到，这里是归顺的意思。

【译文】

禹说："还是逐一占卜功臣，让吉祥的人接受您的帝位吧！"

舜帝说："禹啊！官占的方法要先断定志向，然后才命令大龟显示吉凶。我把帝位授予你的志向已先定了，询问众人的意见时，都和我相同，鬼神依从，龟卜占筮的结果也协同一致，况且，占卜也不须吉凶重复出现啊。"禹跪拜叩头，再三推辞。

舜帝说："不必推辞了吧！只有你适合继承帝位。"

正月初一清晨，禹在尧帝的宗庙接受了帝位，率领百官就像当初舜帝继承尧的帝位那样完成了禅让的礼仪。

舜帝说："嗟，禹！这些苗民不依教命，你前去征讨他们！"

禹于是会合诸侯，告诫众人说："众位军士，都听从我的命令！蠢动的苗民，昏迷不敬。侮慢常法，妄自尊大，违反正道，败坏常德。贤人在野，小人在位。人民抛弃他们不予保护，上天也降罪于他。所以我率领你们众士，奉行帝舜的命令，讨伐苗民之罪。你们应当同心同力，就能有功。"

经过三十天，苗民还是不服。伯益会见了禹，说："施德可以感动上天，远人没有不来的。盈满招损，谦虚受益，这是自然规律。舜帝先前到历山去耕田的时候，天天向上天号泣，向父母号泣，自己负罪引咎。恭敬行事去见瞽瞍，诚惶诚恐庄敬瞽瞍。瞽瞍也信任顺从了他。至诚感通了神明，何况这些苗民呢？"

禹拜谢伯益的嘉言，说："对！"

还师回去后，舜帝于是大施文教，又在两阶之间拿着干盾和羽翳跳着文舞。经过七十天，苗民不讨自来了。

皋陶谟①

【原文】

　　曰若稽古。皋陶曰："允迪厥德②，谟明弼谐③。"

　　禹曰："俞，如何？"

　　皋陶曰："都！慎厥身，修思永④。惇叙九族⑤。庶明励翼⑥，迩可远，在兹。"

　　禹拜昌言⑦曰："俞！"

　　皋陶曰："都！在知人，在安民。"

　　禹曰："吁！咸若时，惟帝其难之。知人则哲，能官人⑧，安民则惠，黎民怀之。能哲而惠。何忧乎欢兜？何迁乎有苗⑨。何畏乎巧言令色孔壬⑩！"

　　皋陶曰："都！亦行有九德⑪。亦言其人有德，乃言曰：'载采采⑫。'"

　　禹曰："何？"

　　皋陶曰："宽而栗⑬，柔而立⑭，愿而恭⑮，乱而敬⑯，扰而毅⑰，直而温⑱，简而廉⑲，刚而塞⑳，疆而义㉑。彰厥有常㉒，吉哉㉓！"

　　"日宣三德，夙夜浚明有家㉔；日严祗敬六德㉕，亮采有邦㉖。翕受敷施㉗，九德咸事㉘，俊义在官㉙，百僚师师㉚，百工惟时㉛，抚于五辰㉜，庶绩其凝㉝。

　　"无教逸欲。有邦兢兢业业㉞，一日二日万几㉟。无旷庶官㊱，天工㊲，人其代之？天叙有典㊳，敕我五典五惇哉㊴！天秩有礼，自我五礼有庸哉㊵！同寅协恭和衷哉㊶！天命有德，五服五章哉㊷！天讨有罪，五刑五用哉！政事懋哉懋哉！

"天聪明㊸，自我民聪明；天明畏㊹，自我民明威。达于上下，敬哉有土㊺！"

皋陶曰："朕言惠可底行㊻？"

禹曰："俞！乃言底可绩。"

皋陶曰："予未有知，思曰赞赞襄哉㊼！"

【注释】

①本篇是皋陶和禹讨论如何实行德政治理国家的会议记录，记述了皋陶"慎身"、"知人"、"安民"的主张。

②迪：实行。

③谟：议谋。

④永：久。

⑤惇：敦厚。叙：次序。

⑥明：贤明。励：勉力。翼：辅助。

⑦昌言：美言。

⑧人：指官吏。

⑨迁：放逐。

⑩巧言：花言巧语。令色：讨好谄媚的神色。令：美。孔：大。壬：奸佞。

⑪亦：大凡。九德：九种美德，即下文的"宽而栗……强而义。"

⑫载：度，验证。采采：种种事情。

⑬栗：谨慎警惧。

⑭立：特立独行。

⑮愿：老实厚道。

⑯乱：治。

⑰扰：顺。

⑱温：和。

⑲简：远大。

⑳塞：实。

㉑义：良善。

㉒有常：指有常德之人。

㉓吉：善。

㉔浚：恭敬。明：勉力。家：大夫封地。

㉕严：庄重。祗：恭谨。

㉖亮：辅助。邦：诸侯封地。

㉗翕：聚合。

㉘事：任职。

㉙俊义：指公卿。

㉚百僚：指大夫。师师：相效法。

㉛百工：指士。工，官。时：善。

㉜抚：顺从。五辰：本指金、木、水、火、土五星，这里泛指天象。

㉝庶：众。凝：定，成就。

㉞兢兢：小心谨慎。业业：畏惧戒惕。

㉟一日二日，一天一天。万几：万端。

㊱旷：虚设。

㊲天工：天命之事。

㊳典：常。

㊴敕：命令。

㊵自：循。五礼：天子、诸侯、卿大夫、士、庶民的五级礼仪。庸：常。

㊶寅：敬。

㊷服：指礼服。章：同"彰"。

㊸聪明：耳敏为聪，目锐为明。

㊹明畏：明是表彰好人，畏是惩治坏人。下文"明威"同。

㊺有土：保存国土，即保持帝王地位。

㊻底：一定。

㊼赞赞：努力辅佐的样子。赞：辅佐。襄：辅佐。

【译文】

查考古代的传说，知道皋陶和禹曾在舜帝面前讨论如何实行德政的问题。皋陶说："只有切实实行先王的德政，才能够使朝廷决策英明，群臣同心同德。"禹说："是啊！可是怎样实行德政呢？"皋陶说："啊！首先，要严以律己，坚持不懈地进行自我修养，提高自己的道德品行。同时，还要以宽厚的胸怀对待亲族的人，使大家也都贤明起来，勉力辅助您治理国家。要实行德政，就应当从这里做起；这就是所谓的由近及远的方法。"听了这番精彩的议论，禹非常佩服，拜谢说："非常正确呀！"

皋陶说："啊！实行德政提高自身修养之外，还要知人善任，正确地选拔和使用官员，和关心百姓，安定民心。”

禹说：“哎呀！要完全做到以上两点，恐怕连先帝也会感到困难。知人善任，会使自己显得明达睿智，而只有明达睿智，才能任人唯贤；安定民心，就会使自己受到人们爱戴，而只有受人爱戴，百姓才会怀念他。可是明达睿智、受人爱戴如尧、舜二位贤明的先帝，却还须提防欢兜这样的权臣，放逐三苗这样的部族，警惧那些巧言令色有大奸大佞，这又是为什么呢？”

皋陶说：“啊！大凡良善行为，都来源于九种美德。因而检验某人是否具有某种美德，除了考察他的言论之外，往往还要对他说：‘先去做些事情，验证一下吧’。”

禹问：“那么，九种美德究竟是些什么样的品德呢？”

皋陶解释说：“我说的九种美德是：既恢宏大度又小心谨慎，既温和文雅又特立独行，既忠厚诚实又严肃庄重，既卓有才识又敬业守勤，既柔顺驯服又刚毅果决，既正直耿介又和蔼可亲，既宏大豪放又严谨审慎，既刚正坦荡又认真务实，既强雄豪迈又仁义善良。应当树立和表彰那些持守这九种美德的贤人，因为这是一桩善政中的善政啊！

“如果一个人每天都能在自己的所作所为中显示出他具有九种美德中的三种，而且一天到晚都能恭敬而努力地按照这些道德规范行事，那么他就可以做公卿。如果一个人每天都能庄重而恭谨地按照九种美德中的六种行事，那么他就能够辅佐天子而成为诸侯。如果天子能够九种美德并用，而普遍施行于国家政务，凡具有九种美德的贤人都授予一定的官职，那么，公卿便会克尽职守，大夫便会互相学习，士便会

皋陶像

努力办好自己职分内的事情，这样一来，所有的官员都会遵从天命行事，共同完成各项事业。

　　“不要放纵私欲和贪图享乐。诸侯要兢兢业业地处理政务，因为时间一天接着一天，天下发生的事情有千种万种之多。不要虚设种种职位，因为职位是遵照天命设立的，人岂能代替上天滥设虚职？上天为人间规定君臣、父子、兄弟、夫妇、朋友之间的伦理秩序，并训诫我们要按照这种伦理秩序做到父义、母慈、兄友、弟恭、子孝，我们就应当遵从天命，使这种伦理秩序真诚、纯厚起来啊！上天为人间规定的尊卑不同的礼仪，是按照天子、诸侯、卿大夫、士、庶民这种贵贱等级排列的；五等礼仪确定之后，我们就有了可以永远遵循的准则。我们应该相互尊重，同心同德，齐心协力施行五礼啊！上天为了使有道德的人都能各称其职，各享其禄，又规定了天子、诸侯、卿大夫、士、庶民五等礼服，以分别表彰各种不同的德行。上天为了惩罚有罪的人，使之罪有应得，还规定了墨、劓、剕、宫、大辟五种刑罚，用来惩罚犯了不同罪行的人，这些刑罚，都应该认真执行。天命不可违，担任各种职务的人，要相互勉励，共同努力，把政务办好啊！

　　“上天的神明和睿智，都是从臣民中听取意见、观察问题而得来的；上天表彰良善，惩治奸邪，都是根据臣民的意愿而决定的。上天的意志和臣下的心愿是相通的，作君王的，千万千万要谨慎啊！”

　　皋陶问道：“我的这些主张，都能够实行吗？”

　　禹说：“那是当然！你的这些主张，不仅能够实行，而且一定能够取得成功。”

　　皋陶最后说：“其实我又懂得什么呢？我只不过每天都在想怎样勤勉辅佐君王，把国家治理好啊！”

益　稷①

【原文】

　　帝曰：“来，禹！汝亦昌言。”禹拜曰：“都！帝，予何言？予思日孜孜②。”皋陶曰：“吁！如何？”禹曰：“洪水滔天，浩浩怀山襄陵③，下民昏垫④。予乘四载⑤，随山刊木⑥，暨益奏庶鲜食⑦。予决九川距四海⑧，浚畎浍距川⑨。暨稷播，奏庶艰食⑩鲜食。懋迁有无⑪，化居⑫。蒸民乃粒⑬，万邦作乂⑭。”皋陶曰：“俞！师汝昌言⑮。”

　　禹曰：“都！帝。慎乃在位⑯。”帝曰：“俞！”禹曰：“安汝止⑰。惟几惟康⑱，其弼直⑲，惟动丕应⑳。徯志以昭受上帝㉑，天其申命用休㉒。”

　　帝曰：“吁！臣哉㉓，邻哉㉔！邻哉！臣哉！”

　　禹曰：“俞！”

　　帝曰：“臣作朕股肱耳目㉕。予欲左右有民㉖，汝翼㉗。予欲宣力四方，汝为。予欲观古人之象㉘；日、月、星、辰、山、龙、华虫㉙，作会㉚；宗彝㉛、藻㉜、火、粉米㉝，黼㉞黻㉟，希绣㊱。以五采彰施于五色㊲，作服，汝明㊳。予欲闻六律五声八音㊴，在治忽㊵，以出纳五言㊶，汝听。予违，汝弼，汝无面从㊷，退有后言㊸。钦四邻㊹！庶顽谗说㊺，若不在时㊻，侯以明之㊼，挞以记之㊽；书用识哉㊾，欲并生哉㊿！工以纳言㉛，时而飏之㉜；格则承之庸之㉝，否则威之㉞。”

【注释】

①本篇是禹和舜讨论国计民生、君臣关系的谈话记录。益，舜时东夷部落的首领。稷，舜时的农官，后又辅佐禹教民稼穑。

②孜孜：努力不懈。

③襄：上。

④昏垫：沉没，陷落。

⑤载：车船之类的交通工具。

⑥刊：砍。

⑦暨：和，跟。奏：进，送。鲜食，新宰杀的鸟兽。

⑧决：疏通。距：进，到。

⑨畎浍：田间的水渠。

⑩艰食：百谷。由于当时水多，土地难以耕种，故称粮食为艰食。

⑪懋：同"贸"。迁：交换。

⑫化：同"货"。居：蓄，指积贮的财物。

⑬蒸民：百姓。蒸众多。粒：即"立"安定。

⑭作：始。

⑮师：即"斯"，这。

⑯在位：当权的人，这里指大臣。

⑰止：举止。

⑱惟：思，考虑。几：危险。康：安康。

⑲直：指正直的人。

⑳动：举动，丕：大。应：响应。

㉑俟：等待。志：心志。昭：明，清醒。

㉒其：将。申：重，再次。休：美。

㉓臣：指禹。

㉔邻：四邻，意为关系最亲近。

㉕股肱：得力助手，股，大腿。肱，手臂。

㉖左右：引导。有：名词词头，无义。

㉗翼：辅助。

㉘象：图像。

㉙华虫：雉，野鸡。以上六种为衣上绘的图像。

㉚会：绘。

㉛宗彝：虎形图案。宗庙祭祀的礼器彝上绘有虎形图饰。

㉜藻：水草。

㉝粉米：白米。

㉞黼：黑白相间的斧形图案。

㉟黻：两个"弓"字相背的图案。以上六种为裳上绣的图像。

㊱希：缝制。

㊲采：颜料。

㊳明：做好。

㊴六律：古代音乐有十二种高低不同的标准音，叫十二律，为黄钟、大吕、太簇、夹钟、姑洗、中吕、宾、林钟、

夷则、南吕、无射、应钟。又分为阴阳两类，单数者为阳律，称六律；双数者为阴律，称六吕。五声：五种高低不同的音阶，即宫、商、角、徵、羽。八音：八种乐器，即金、石、丝、竹、匏、土、革、木。金为钟、石为磬、丝为琴、竹为管、匏为笙、土为埙，革为鼓，木为梆。

㊵在：察。治忽：治乱。即国家治理的情况，忽，荒怠。

㊶五言：各方面的意见。五：东西南北中五方。

㊷面从：当面听从。

㊸后言：背后乱说。

㊹四邻：指天子身旁的近臣。

㊺庶：众。

㊻时：是，这。

㊼侯，诸侯国国君。

㊽挞：鞭打。记：令受挞者不忘惩罚。

㊾书：刑书。识：记录。

㊿生：使……生。

(51)工：官。

(52)时：善。同“扬”。

(53)格：正。承：进。庸：用。

(54)威：惩罚。

【译文】

舜帝说：“来吧，禹！你也发表高见吧。”禹拜谢说：“啊！君王，我说什么呢？我只想每天努力工作罢了。”皋陶说："啊！究竟怎么样呢？"禹说："大水弥漫接天，浩浩荡荡地包围了山顶，漫没了丘陵，老百姓沉没陷落在洪水里。我乘坐四种运载工具，沿着山路砍削树木作为路标，同伯益一起把新杀的鸟兽肉送给百姓们。我疏通了九州的河流，使它们流到四海，挖深疏通了田间的大水沟，使它们流进大河。同后稷一起播种粮食，把百谷、鸟兽肉送给老百姓。让他们调剂余缺，迁徙居积的货物。于是，百姓们就安定下来了，各个诸侯国开始得到了治理。"

皋陶说："好啊！这是你的高见啊。"

禹说："啊！舜帝。你要谨慎地对待你的在位的大臣啊！"

舜帝说："是啊！"禹说："要尽到你的职责，考虑到大臣的安危。如果用正直的人做你的辅佐，只要你想动一动，天下就会大力响应。要等待有德的人明白地接受上帝的命令，那么，老天就会再三地赞美你。"

舜帝说："唉！大臣就是最亲近的人！最亲近的人就是大臣！"

禹说："对呀！"

舜帝说："大臣是我的得力帮手。我想帮助百姓，你辅佐我。我想花力气治理好四方，你帮助我。我想显示古人衣服上的图像，用日、月、星辰、山、龙、雉六种图形绘在上衣上，用虎、水草、火、白米、黑白相间的斧形花纹、黑青相间的'已'字花纹绣在下裳上。用五种颜料明显地做成五种色彩不同的衣服，你们要做好。我要听六种乐律、五种声音、八类乐器的演奏，从声音的哀乐考察治乱，听取各方的意见，你们要听清楚。如果我有过失，你们就辅佐我。你们不要当面顺从我，背后又去议论。我恭敬地对待身旁的近臣！至于那些愚蠢而又喜欢恶意中伤别人的人，如果不能明察做臣的道理，就用射侯之礼明确地教训他们，用棍棒鞭打从而警戒他们，并把他们的罪过记录在刑书上，让他们改悔上进！做官的要采纳下面的意见，好的就称颂宣扬，正确的就进献上去以便采用，做官的如果不采纳意见就要惩罚他们。”

【原文】

禹曰：“俞哉！帝光天之下，至于海隅苍生[1]，万邦黎献[2]，共惟帝臣，惟帝时举[3]，敷纳以言，明庶以功[4]，车服以庸[5]。谁敢不让，敢不敬应？帝不时敷[6]，同，日奏，罔功[7]。”

帝曰：“无若丹朱傲[8]，惟慢游是好，傲虐是作[9]。罔昼夜額額[10]，罔水行舟[11]，朋淫于家[12]。用殄厥世[13]，予创若时。[14]”

禹曰：“娶于涂山[15]，辛壬癸甲[16]；启呱呱而泣[17]，予弗子[18]，惟荒度土功[19]。弼成五服[20]。至于五千。州十有二师[21]，外薄四海，咸建五长[22]，各迪有功，苗顽弗即工[23]，帝其念哉！”

帝曰：“迪朕德，时乃功，惟叙。”

皋陶方祗厥叙[24]，方施象刑，惟明。

夔曰[25]：“戛击鸣球[26]，搏拊[27]，琴、瑟，以咏。”祖考来格㉘，虞宾在位㉙，群后德让㉚。下管鼗鼓㉛，合止柷敔㉜，笙镛以间㉝，鸟兽跄跄，《箫韶》九成㉞，凤皇来仪㉟。

夔曰："於！予击石拊石，百兽率舞，庶尹允谐㊱。"

帝庸作歌㊲。曰："敕天之命㊳，惟时惟几㊴。"乃歌曰："股肱喜哉！元首起哉㊵！百工熙哉㊶！"

皋陶拜手稽首飏言曰㊷："念哉！率作兴事㊸，慎乃宪㊹，钦哉！屡省乃成，钦哉！"乃赓载歌曰㊺："元首明哉！股肱良哉！庶事康哉㊻！"又歌曰："元首丛脞哉㊼！股肱惰哉！万事堕哉！"

帝拜曰："俞，往钦哉！"

【注释】

①海隅：海内。隅：靠边沿的地方。苍生：黎民。

②黎：众。献：贤，指贤人。

③举：举用。

④庶：试，考察。

⑤庸：事功。

⑥敷：分辨。

⑦罔：无。

⑧丹朱：尧的儿子。

⑨虐：同"谑"，嬉戏。作：为。

⑩额额：　"额"的异体字，形容不休息。

⑪罔水：这里指水很浅。

⑫朋：放。

⑬用：因。殄：灭绝。厥：其。世：父子相继为世。

⑭创：悲伤。

⑮涂山：山名，这里指居住于涂山的部落。

⑯辛壬癸甲：从辛日到甲，共四天。传说禹婚后三日即外出治水。

⑰启：禹的儿子。传说禹婚后二日启即降生。

⑱子：爱抚。

⑲荒：忙。度：谋。

⑳五服：五个服劳役的地区，详见《禹贡》注。

㉑师：长官。

㉒建五长：每五个诸侯国为一属，属设一长。

㉓顽：抗拒。

㉔叙：德。

㉕夔：人名。传说是舜时的乐官。

㉖戛：意与击同，弹奏。鸣球，一种乐器，即玉磬。

㉗搏拊：一种乐器，皮革制成，状如小鼓。

㉘祖考：祖，指颛顼。考指尧。舜继尧，如子承父，故称尧考。这里说的是他的灵魂。格：于，即降临。

㉙虞宾：虞舜的宾客，这里指前代帝王的后裔。

㉚德：升，登堂。

㉛下：堂之下。管：竹制乐器。鼗：一种打击乐器，即小鼓。

㉜柷：一种打击乐器，状如方斗，于奏乐开始时击之。敔：一种打击乐器，状如伏虑，于奏乐结束时击之。

伯益像

㉝镛：大钟。

㉞跄跄：伴着乐曲有节奏地跳舞的样子。《箫韶》：舜时乐曲名，九成：奏乐要变更九曲才结束。

㉟凤皇：即凤凰，传说中的一种神鸟。仪：成双成对。

㊱尹：官。允：信，确实。

㊲庸：用，因此。

㊳敕：谨。

㊴几：危险，意为警惧。

㊵起：奋发。

㊶熙：振作。

㊷拜手：一种跪拜礼，双膝下跪，两手拱合，俯首至手与心相平。

㊸率：循，顺。

㊹慎：诚。宪：法度。

㊺赓：继续。

㊻康：安宁。

㊼丛脞：烦琐。

【译文】

禹说："好啊！舜帝，普天之下，至于海内的百姓，各诸侯国的众位贤人，都是您的臣子，舜帝您要善于举用他们。广泛地采纳他们的意见，明确地考察他们的事迹，赏赐车马衣服作为酬劳。如果这样，谁敢不让贤，谁敢不恭敬地听从您的命令？舜帝您不善于分别，好的坏的混同在一起，虽然天天进用人，也只能是劳而无功。

舜帝说："不要像丹朱那样傲慢，只喜欢懒惰游玩，只兴起戏谑，不分白天晚上，永不休止，洪水已经治好了，他还要乘船游玩。又结伙在家中乱来，因此不能继承尧的帝位。我为他的行为感到悲伤。"禹说："我娶了涂山氏的女儿，结婚四天就离开家去治洪水。后来，启出生来到世上，我没顾得上抚养他，只是忙于考虑平治水土的事。我帮助划定五种服役地带，直至五千里远的地方。每个州设置十二个师，治理的地方接近四海边境，又设立了五等长官，各人都参与治水，取得功绩。只有三苗不听调度，没有投身治水工作，帝君您要把这件事放在心上慎重考虑啊！"

舜帝说："宣扬我的德教，这是你的功绩，三苗会顺从的。"皋陶大力敬重那些顺从的，广泛施用五种刑罚图像来警戒违抗命令不服从的人，三苗的事会处理恰当的。

夔说："敲起玉磬，打起搏拊，弹起琴瑟，唱起来吧！"先祖、先父的灵魂降临了，舜帝的宾客就位了，各诸侯国君登上了庙堂互相揖让。庙堂下吹起管乐，打着小鼓，合乐敲着柷，止乐敲着敔，笙和大钟交替演奏。扮演飞禽走兽的舞队踏着节奏跳舞，韶音奏了九次后，扮演凤凰的舞队出来表演。

夔说："唉！我敲着石磬，扮演百兽的舞队都跳起舞来，各位长官也合着乐曲一同跳起来吧！"

舜帝因此作歌，说："按照上帝的命令行事，时时事事都要小心谨慎。"又唱道："大臣欢悦呀，君王奋发呀，百事发达呀！"

皋陶叩头行礼，说："要念念不忘啊！统率起兴办的事业，慎守法度，可要恭敬啊！不断地检查自己，事业就会获得成功，可要恭敬啊！"于是继续作歌说："国王英明啊！大臣贤良啊！诸事安宁啊。"又作歌说："国君琐碎啊！大臣懈怠啊！诸事荒废啊！"

舜帝拜谢说："对啊！我们去认真恭谨地干吧！"

夏 书

禹 贡①

【原文】

禹别九州②，随山浚川，任土作贡③。

禹敷土，随山刊木④，奠高山大川⑤。

冀州⑥：既载壶口⑦，治梁及岐⑧。既修太原⑨，至于岳阳⑩。覃怀底绩⑪，至于衡漳⑫。厥土惟白壤⑬，厥赋惟上上⑭，错⑮，厥田惟中中。恒、卫既从⑯，大陆既作⑰。岛夷皮服⑱，夹右碣古入于河⑲。

济、河惟兖州⑳：九河既道㉑，雷夏既泽㉒，雍沮会同㉓。桑土既蚕㉔，是降丘宅土㉕。厥土黑坟㉖，厥草惟繇㉗，厥木惟条㉘。厥田惟中下，厥赋贞㉙，作十有三载乃同㉚。厥贡漆丝，厥篚织文㉛。浮于济、漯㉜，达于河。

海、岱惟青州㉝：嵎夷既略㉞，潍、淄其道㉟。厥土白坟，海滨广斥[36]。厥田惟上下，厥赋中上。厥贡盐绨[37]，海物惟错[38]。岱畎丝、铅、枲、松、怪古[39]。莱夷作牧[40]。厥篚檿丝[41]。浮于汶[42]，达于济。

海、岱及淮惟徐州[43]：淮、沂其乂[44]，蒙、羽其艺[45]；大野既猪[46]，东原底平[47]。厥土赤埴坟[48]，草木渐包[49]。厥田惟上中，厥赋中中。厥贡惟土五色[50]，羽畎夏翟[51]，峄阳孤桐[52]，泗滨浮磬[53]，淮夷珠暨鱼[54]。厥篚玄纤缟[55]。浮于淮、泗，达于河[56]。

淮、海惟扬州[57]：彭蠡既猪[58]，阳鸟攸居[59]，三江既入[60]。震泽底定[61]。篠荡既敷[62]，厥草惟夭[63]，厥木惟乔[64]。厥土惟涂泥[65]。厥田惟下下，厥赋下上错。厥贡惟金三品[66]。瑶、琨、篠荡、齿、革、羽、毛惟木[67]。岛夷卉服[68]。厥篚织贝[69]，厥包桔柚，锡贡[70]。沿于江、海，达于淮泗。

【注释】

①本篇记述了大禹披九山、通九泽、决九河、定九州的功绩，和当时的政治制度、行政区划、山川分布、水土治理、贡赋等级等状况，是一部很有价值的地理著作。贡：贡赋。

②别：划分。

③任土：根据土地的肥瘠。

④刊：砍。

⑤奠：划定。

⑥冀州：禹所划分的九州之一，在今山西省、河北省一带。

⑦载：施工。壶口：山名，在今山西省吉县南部。

⑧梁：山名，在今陕西省韩城市西部。岐：即"歧"，梁山的支脉。

⑨太原：今山西省太原一带，位于汾水上游。

⑩岳阳：岳，指太岳山，在今山西省霍县东部，汾水流经这里。阳，山南为阳。

⑪覃怀：地名，今河南省武陟县、沁阳市一带。底：获得。

⑫衡漳：衡即"横"，漳即漳水，由于"漳水横流入海"，故称横漳。漳水在覃怀之北。

⑬白壤：盐碱地。

⑭赋：赋税。上上：《禹贡》将土质和赋税分为九等，即上上、上中、上下、中上、中中、中下、下上、下中、下下。上上为第一等，余类推。

⑮错：错杂。

⑯恒：水名，在今河北省曲阳县，源出于恒山。卫：水名，有人认为就是滹沱河。从：须河道入海。

⑰大陆：泽名，在今河北省、鹿县西北部。作：动工治理。

⑱岛夷：东方海岛上的夷族。夷，古代东方边远地区的民族。皮服：岛夷人的贡品。

⑲夹：近。碣石：山名，在今河北省抚宁、昌黎二县县界。河：特指黄河。

⑳济：水名，源出于河南省济源市。兖州：地名，在今河北省、山东省一带。

㉑九河：黄河的九条支流。道：导，即疏通。

㉒雷夏：泽名，在今山东省菏泽市东北。

㉓雍：黄河支流，今已不存。沮：雍河的支流，今已不存。

㉔桑土：宜于种植桑树的土地。

㉕降：下。宅：居住。

㉖坟：肥沃。

㉗繇：茂盛。繇，音尧。

㉘条：长，高。

㉙贞：下下等。

㉚作：耕作。

㉛筐：圆形竹器。织文：带有花纹的丝织品。

㉜漯：水名，古代黄河支流。

㉝海：今渤海。岱：泰山。青州：山东半岛。

㉞嵎夷：地名。略：少。

㉟潍：潍水。淄：淄水。二者均在山东省。

㊱斥：盐碱地。

㊲绤：细葛布。

㊳错：多种多样。

㊴畎：山谷。大麻的一种，不结实。铅：指锡。

㊵莱夷：地名。

㊶筐厥柞树，可养蚕。

㊷汶：水名，源出今山东省莱芜市。

㊸海：指黄海。淮：指淮河。徐州：今江苏省、安徽省北部，及山东省南部一带地方。

④④沂：水名，源出于山东省沂水县西北。

④⑤蒙：山名，在山东省蒙县西南。羽：山名，在江苏省赣榆县西南。艺：种植。

④⑥大野：指巨野泽，在山东省巨野县。猪：即潴，水停聚的地方。

④⑦东原：今山东省东平县一带地方。平：治。

④⑧埴：黏性的。

④⑨包：通“苞”，草木丝生。

(50)土五色：五色土，指青、黄、赤、白、黑五种不同色土，为古代君王分封诸侯的用品。

(51)夏：大。翟：山雉，羽毛可作装饰品。

(52)峄：山名，在江苏省邳州市。孤桐：桐树中的特优者。

(53)泗：水名，源出于山东省泗水县。浮磬：指露出水面，可以作磬的石头。

(54)蠙珠：蚌珠。

(55)玄：黑色。纤：细。缟：绢。

(56)达于河：河应为菏，即菏泽。这句话的意思是进入菏泽，再由济水而入黄河。

(57)海：指黄海。

(58)彭蠡：即今江西省境内的鄱阳湖古称彭蠡泽。

(59)阳鸟：南方的岛屿。鸟，“岛”的借字。

(60)三江：岷江、汉水、彭蠡。

(61)震泽：指太湖。

(62)篠：小竹。簜：大竹。

(63)夭：茂盛。

㉖乔：高大。

㉕涂泥：潮湿的泥土。

㉖金三品：金、银、铜三个等级的贡品。品：等级。

㉗瑶、琨：美玉。齿：象牙。毛：牦牛尾。

㉘岛夷：指东南沿海各岛的人。卉服：蓑衣、草笠之类。
卉，草的总称。

㉙织贝：带有贝纹图案的锦。

㉚锡：即"赐"与"贡"同义。

【译文】

禹划分九州的疆界，顺着山岭的走向疏通河道，依据土地的肥瘠状况定出贡赋等级，建立了一套贡赋制度。

禹为了划分土地的疆界，在经过的山上削木为桩竖上标记，以高山大河为界限确定疆域。

冀州：壶口治理工程动工之后，又开始治理梁山及其支脉。太原治理完毕，工程就扩展到太岳山的南面。覃怀一带的治理一取得成效，又转而向北整治横流入河的漳水。这里的土壤白细柔软，贡赋定为第一等，其中也夹杂着第二等；这里的土质属于第五等。恒水和卫水疏通之后，河水流入大海，尔后治理大陆泽的工程也动工了。沿海一带诸侯以皮服为贡品，进贡的路线是经由碣石转入黄河。

济水与黄河之间一带是兖州：黄河下游众多河道已经疏导畅通，雷夏湖泽已经形成，雍水、沮水在这里会合。土地已能够种植桑树，饲养家蚕，人们从小土山上搬到平地上居住。该州的土质是肥沃的黑土，这里青草茂盛，树木修长。

伊尹像

这里的耕地应该是第六等，赋税是第九等，待耕作了十三年后才能和其他州的赋税相同。该州的贡物是漆和丝，装在圆竹筐里的是染成各种花纹的丝织品。进贡的物品从济水和漯水乘船通达黄河。

渤海泰山之间一带是青州：隅夷治理后，潍水、淄水也疏通了。这里土地色白而肥沃，海边为广阔的盐碱地。这里的土地为第三等，赋税为第四等。这里的贡品是盐、细葛布，还有多种海产品。泰山谷地一带的贡物是丝、大麻、锡、松木和奇特珍贵的石头。莱夷一带居民放牧牲畜，这里的贡品是用筐盛装的柞蚕丝。进贡的船由汶水直达济水。

黄海、泰山与淮河之间一带是徐州：淮河、沂水治理好后，蒙山、羽山一带就可以种植了，大野泽已聚成湖泊，东原一带也得到平治。这里的土壤是红色黏性而肥沃的，草木也逐渐生长繁茂。这里的土地属第二等，赋税为第五等。这里上缴的贡物是五色土，羽山谷中的大野鸡，峄山南坡特产的桐木，泗水河畔可作石磬的石头。淮夷要进贡蠙珠和鱼类，还有用筐子盛装的黑色细绸和白绢。运送贡品的船只从淮河、泗水到达黄河。

淮河与黄海之间是扬州：彭蠡泽已经汇集了深水，南方各岛可以安居。三条江水已经流入大海，震泽也获得了安定。小竹和大竹已经遍布各地，那里的草很茂盛，那里的树很高大。那里的土是潮湿的泥。那里的田是第九等，那里的赋是第七等，杂出第六等。那里的贡品是金、银、铜、美玉、美石、小竹、大竹、象牙、犀皮、鸟的羽毛、旄牛尾和木材。东南沿海各岛的人穿着草编的衣服。这一带把那筐装的贝锦，那包裹的橘柚作为贡品。进贡的船只沿着长江、黄海到达淮河、泗水。

【原文】

荆及衡阳惟荆州[1]：江、汉朝宗于海[2]，九江孔殷[3]，沱潜既道[4]，云土梦作乂[5]。厥土惟涂泥，厥田惟下中，厥赋上下。厥贡羽毛、齿、革、惟金三品，杶干、栝、柏[6]，砺、砥、砮丹惟菌、簵、楛[7]，三邦底贡厥名[8]，包匦菁茅[9]，厥篚玄纁玑组[10]，九江纳锡大龟[11]。浮于江、沱、潜、汉[12]，逾于洛，至于南河[13]。

荆、河惟豫州。伊、洛、瀍涧既入于河[14]，荥波既猪[15]。导菏泽，被猛猪[16]。厥土惟壤，下土坟垆[17]。厥田惟中上，厥赋错上中。厥贡漆、枲绤、纻[18]，厥篚纤、纩[19]，锡贡磬错[20]。浮于洛，达于河。

华阳、黑水惟梁州[21]：岷、嶓既艺[22]，沱、潜既道。蔡、蒙旅平[23]，和夷底绩[24]。厥土青黎[25]，厥田惟下上，厥赋下中三错[26]。厥贡璆、铁、银、镂、砮、磬，熊、罴、狐、狸[27]，织皮西倾因桓是来[28]。浮于潜，逾于沔[29]，入于渭[30]，乱于河[31]。

黑水、西河惟雍州[32]。弱水既西[33]，泾属渭汭[34]，漆沮既从[35]，沣水攸同[36]。荆、岐既旅[37]，终南、惇物[38]，至于鸟鼠[39]。原隰底绩[40]，至于猪野[41]。三危既宅[42]，三苗丕叙。厥土惟黄壤，厥田惟上上，厥赋中下。厥贡惟球、琳、琅、玕[43]。浮于积石[44]，至于龙门、西河[45]，会于渭汭。织皮昆仑、析支、渠搜[46]，西戎即叙[47]。

导岍及岐[48]，至于荆山，逾于河。壶口、雷首至于太岳[49]。厎柱、析城至于王屋[50]。太行、恒山至于碣石[51]，入于海[52]。

西倾、朱圉、鸟鼠至于太华[53]。熊耳、外方、桐柏至于陪尾[54]。

导嶓冢至荆山[55]。内方至于大别[56]。岷山之阳至于衡山，过九江至于敷浅原[57]。

导弱水至于合黎[58]，余波入于流沙[59]。

导黑水至于三危，入于南海。

导河、积石，至于龙门；南至于华阴[60]；东至于厎柱；又东至于孟津[61]；东过洛汭，至于大伾[62]；北过降水[63]，至于大陆；又北，播为九河[64]，同为逆河[65]，入于海。

嶓冢导漾[66]。东流为汉；又东，为沧浪之水[67]；过三澨[68]，至于大别，南入于江。东，汇泽为彭蠡；东；为北江[69]，入于海。

【注释】

①荆：山名，在湖北省南漳县。衡：即衡山，在湖南省衡山县。

②江：特指长江。朝宗：诸侯朝见天子，春天见为朝，夏天见为宗。

③九江：指洞庭湖，历沅、渐、元、辰、叙、酉、澧、资、湘九江皆会于此，故称九江。孔：大。殷：定。

④沱：水名，长江支流，在湖北省枝江市。潜：水名，

汉水支流，在湖北省潜江县。

⑤云土梦：即云梦泽。《国语·楚语》注："楚有云梦，徒其名也。"徒、土音近假借。

⑥杶：椿树。干：柘木。栝：桧柏。

⑦砺：粗磨刀石。砥：细磨刀石。砮可以做箭镞的石头。丹：朱砂。菌辂：一种细长的竹子。木名，可做箭杆。

⑧名：名产。

⑨瓯：杨梅。菁茅：一种带刺的茅草，可以用来滤酒。

⑩纁：黄赤色。玑组：小珍珠串。玑，珍珠。组，丝带。

⑪纳锡：进贡。锡，赐。

⑫浮：水运。

⑬南河：指黄河的洛阳、巩义市一段。

⑭伊：水名，源出于河南省卢氏县。洛：水名，源出于陕西省洛南县。水名，源出于河南省孟津县。涧：水名，源于河南省渑池县。

⑮荥波：泽名，即荥播，在河南省荥阳市。

⑯被：通"陂"，修筑堤防的意思。孟猪：泽名，即孟诸，要河南省商邱县。

⑰垆：黑色硬土。

⑱纻：苎麻。

⑲纩：细绵。

⑳磬错：可以制磬的石头。错，石头。

㉑华：即华山，在陕西省华阴市。黑水：怒江。

㉒岷：岷山。嶓：嶓冢山，在陕西省宁强县。艺：治。

㉓蔡：山名，即峨眉山。蒙：山名，在四川省雅安县。
旅：治。

㉔和：水名，即大渡河。

㉕青：黑色。黎：疏松。

㉖三错：杂出第七、八、九三个等级。

㉗镂：可以刻镂的刚性铁。

㉘织皮：这里指西戎之国。西倾：山名，在甘肃、青海
两省交界处。因：顺，沿。桓：水名，即白龙江。

㉙沔：汉水上游。

㉚渭：即渭水，源出于甘肃省渭源县。

㉛乱：横渡。

㉜西河：水名，黄河上游南北流向的一段。

㉝弱水：水名。

㉞泾：水名，源出于甘肃省平凉市，流至陕西省入渭水。
属：入。汭河流会合处。

㉟漆沮：洛水流入黄河处地名，这里为洛水的代称。

㊱沣水：水名，源出于陕西省户县，北入渭水。

㊲荆：荆山，在今陕西省富平县。此为北条荆山，而上
文的荆山在湖北省，为南条荆山。岐：岐山，在今陕西省岐
山县。

㊳终南：山名，即今天的秦岭。惇物：即太白山，在今
陕西省眉县。

㊴鸟鼠：山名，在今甘肃省渭源县。

㊵原隰：指豳地，在今陕西省旬邑、郇县境内。

㊶猪野：泽名，又称都野，在甘肃省民勤县。

㊷三危：山名。

㊸球：美玉。琳：美石。琅玕：像珠子一样的美玉。

㊹积石：山名，在青海省西宁市西南。

㊺龙门：山名，在陕西省韩城市。

㊻织皮：皮制衣料。析支：山名，在青海省西宁市西南。渠搜：山名。

㊼西戎：古代西北边远民族的总称。

㊽岍：山名，在陕西省陇县。

㊾雷首：山名，在山西省永济市。

㊿底柱：山名，在山西省平陆县。析城：山名，在山西阳城县。王屋：山名，在山西省垣曲县。

51太行：山名，在山西、河南、河北三省交界处。恒山：在河北省曲阳县，古称北岳。

52海：指渤海。

53朱圉：山名，在甘肃省甘谷县。太华：即华山。

54熊耳：山名，在河南省卢氏县。外方：山名，在河南省登封市，又名嵩山，古称中岳。桐柏：山名，在河南省桐柏县。陪尾：山名，在湖北省安陆市。

55荆山：指南条荆山。

56内方：山名，地湖北省钟祥市。大别：即大别山。

57敷浅原：山名，有人认为就是庐山。

58合黎：山名，在甘肃省山丹县一带。

59余波：即下游。流沙：泛指居延泽即内蒙古自治区额济纳旗的嘎顺诺尔湖和苏古诺尔湖一带的沙漠。

60华阴：华山之阴即华山北面，也就陕西省华阴一带。

阴，山之北为阴。

(61)孟津：即今河南省孟津县。

(62)大伾：山名，在河南省浚县。

(63)降水：水名，在河北省肥乡、曲周二县之间，入黄河。

(64)播：分布。九河：指黄河下游兖州一带众多的黄河支流。

(65)逆河：大河之水倒灌入支流，这种支流就是逆河。逆，迎受。

(66)漾：水名，汉水的上游。

(67)沧浪：即汉水。

(68)三澨：水名，源出于湖北省京山县，东流入汉水。

(69)北江：即汉水，因在长江之北而得名。

【译文】

荆山与衡山的南面是荆州：长江、汉水像诸侯朝见天子一样奔向海洋，洞庭湖的水系大定了，沱水、潜水疏通以后，云梦泽一带也可以耕作治理了。这一带的土是潮湿的泥，这里的田是第八等，赋是第三等。这里的贡物是羽毛、旄牛尾、象牙、犀皮以及金、银、铜，椿树、柘木、桧树、柏树，粗磨石、细磨石、造箭镞的石头、丹砂以及细长的竹子、楛。湖泽附近的三个诸侯国进贡他们的名产，包裹好了的杨梅、菁茅，装在筐子里的彩色丝绸和一串串的珍珠，九江一带进贡的是大龟。这些贡品先从长江、沱水、潜水、汉水走水路，然后上岸走陆路到洛水，再到南河。

　　荆山和黄河之间是豫州。伊水、洛水、瀍水、涧水都已疏通流入黄河，荥播已汇成了湖泊。菏泽已被疏通，与孟猪泽连通了。这里的土质柔细，低洼处是肥沃坚硬的黑土。这里的土地属第四等，这里的赋税为第二等，也间杂着第一等。这里的贡物是漆、麻、细葛布、苎麻，以及用竹筐装着的细丝绵，又进贡治磬玉的石头。入贡的物品由洛水乘船，到达黄河。

　　华山南部到怒江之间是梁州：岷山、冢山治理之后，沱水、潜水已经疏通了。峨眉山、蒙山治理以后，大渡河、夷水一带也取得功效。这里的土质是疏松的黑土，田是第七等，田赋杂有第七、八、九三等。贡品是美玉、铁、银、镂、作箭头的石头，磬、熊、罴、狐狸、野猫。织皮、西倾山的贡物顺着桓水而来。船只行在潜水，上岸陆行，再进入沔水，到渭水，最后横渡渭水抵达黄河。

　　黑水到西河一带是雍州：弱水疏通向西流，泾河流入渭河水湾，漆水、沮水汇合流向渭水，沣水也向北流入渭水。荆山、岐山治理以后，终南山、惇物山直到鸟鼠山都得到了治理。原隰的治理取得了功绩，都野泽也得到了治理。三危山已经可以居住，三苗也就安定了。这里的土是黄色的疏松土壤，田是第一等，田赋是第六等。贡物是美玉、美石、珠宝石。船只从积石山附近的黄河，行到龙门、西河，集聚在渭水与黄河交汇的港湾。织皮的居民定居在昆仑、析支、渠搜三处，西戎各族也就安定有序了。

　　治理疏通了岍山和岐山的道路，到达荆山，越过黄河。又开通了壶口山至雷首山的道路，直达太岳山。从底柱山、析城山一直通达王屋山。自太行山、恒山一直到达碣石山的道路都开通了，从这里可以进入渤海。

从西倾山、朱圉山、鸟鼠山一直通达华山；又从熊耳山、外方山、桐柏山一直到达陪尾山的道路都开通了。

从嶓冢山开通道路到达荆山。又从内方山通达到大别山。

从岷山的南面，通达长江北岸的衡山，越过长江北岸的河流，到达长江北岸的敷浅原，这些道路都已开通。

疏通弱水至合黎山，其下游流入沙漠中。疏通黑水至三危山，注入南海。疏导黄河，从积石山开始到达龙门山；向南到达华山北侧；再向东到达底柱山；又向东到达孟津；又向东经洛水流入黄河处，到达大伾山；再向北经过降水，到达大陆泽；又向北，分散为九条支流，再会合成一条逆河，注入海中。

开通嶓冢山以疏导漾水。东流而为汉水；又向东流，称为沧浪水；经过三澨水，到达大别山，向南流入长江。向东，汇成大泽，称为彭蠡；再向东为北江，注入大海。

【原文】

岷山导江，东别为沱[1]；又东至于澧[2]；过九江，至于东陵[3]；东迤北[4]，会于汇[5]；东为中江[6]，入于海。

导沇水[7]，东流为济，入于河，溢为荥[8]；东出于陶丘北[9]，又东至于菏；又东北，会于汶；又北东，入于海。

导淮自桐柏，东会于泗、沂[10]，东入于海。导渭自鸟鼠同穴[11]，东会于澧，又东会于泾；又东过漆沮，入于河。导洛自熊耳，东北，会于涧瀍；又东，会于伊；又东北，入于河。

九州攸同：四隩既宅[12]，九山刊旅[13]，九川涤原[14]，九泽既陂[15]，四海会同[16]。六府孔修[17]，庶土交正[18]，底慎财赋[19]，咸则三壤成赋[20]。中邦锡土、姓[21]，祗台德先[22]，不距朕行[23]。

五百里甸服[24]。百里赋纳总[25]，二百里纳铚[26]，三百里纳秸服[27]，四百里粟，五百里米。五百里侯服[28]。百里采[29]，二百里男邦[30]，三百里诸侯[31]。五百里绥服[32]。三百里揆文教[33]，二百里奋武卫[34]。五百里要服[35]。三百里夷[36]，二百里蔡[37]。五百里荒服[38]。三百里蛮[39]，二百里流[40]。

东渐于海[41]。西被于流沙，朔南暨声教讫于四海[42]。禹锡玄圭[43]。告厥成功。

【注释】

①沱：水名，长江支流。

②澧：水名，有三源，三源汇合后流入洞庭湖。

③东陵：地名，有人认为在湖北省黄梅县。

④迤：斜行。

⑤汇：即淮河。汇为淮的假借字。

⑥中江：即长江。因北有汉水，南有彭蠡而得名。

⑦沇水：源出于山西省王屋山，到河南省武陟县入黄河。

⑧溢：河水激荡奔突而出。

⑨陶丘：地名，在山东省定陶县。

⑩会于泗、沂：沂水入泗水，泗水入淮河。

⑪鸟鼠同穴：即鸟鼠山。相传鸟鼠于此同穴，故名鸟鼠山。

⑫隩：可以定居的地方。

⑬九山：上文秘列九条山脉。

⑭九川：上文所列九条河流。涤：疏通。原：同"源"。

⑮九泽：上文所列九个湖泽。陂：堤防。

⑯会同：同会京师，指各地进贡之路都畅通无阻了。

⑰六府：金、木、水、火、土、谷。孔：副词，很。

⑱交：俱，都。正：征。

⑲底：定。

⑳则：以……为准则。三壤：上中下三个等级的土地。

㉑中邦：指九州。

㉒台：我。

㉓距：违。

㉔甸服：古代在天子领地外围，每五百里为一区划，按距离远近分为五种服劳役的等级，即甸服、侯服、绥服、要服、荒服，这就是所谓五服。甸服就是在天子领地内服劳役。服，劳役。

㉕总：全禾，即把成熟的庄稼完整地交出去。

㉖铚，割下的禾穗。铚，割庄稼用的大镰刀，因割穗用它，故以铚表示禾穗。

㉗秸：指谷。

㉘侯服：离王城一千里以外方圆五百里的地区。侯，即"候"。候，斥候。斥，远；候，放哨。

㉙采：事，即替天子服各种劳役。

㉚男邦：替邦国服劳役。男，任。

㉛诸侯：这里指斥候。

㉜绥服：替天子做安抚的事。绥，安。

㉝揆文教：掌管文教事务。揆，掌管。

㉞奋武卫：演习武事。保卫天子。

㉟要服：离王城一千五百里至两千里的地区。

㊱夷：和平相处。

㊲蔡：遵守刑法。

㊳荒服：离王城两千五百里的地区，这是五服中最远的地方，荒，远。

㊴蛮：即慢，礼简怠慢的意思。

㊵流：流动无定居。

㊶渐：入。

㊷朔：北。讫：到。

㊸圭：美玉。

【译文】

开通岷山而疏导长江，向东流分出一支流为沱江；又向东到达澧水；经过洞庭湖，到达东陵；再由东向北延伸，同淮水会合；东流为中江，注入大海。

疏导沇水，向东流为济水，注入黄河，河水漫溢形成荥泽；又从陶丘北面向东流，又向东到达菏泽；又向东北，与汶水会合；又向北流然后向东，流入大海。

疏导淮河，从桐柏山开始，向东流与泗水、沂水会合，再向东注入大海。疏导渭水，从鸟鼠山开始向东与沣水会

夏启像

合，又向东与泾水会合；又向东经过漆水沮水，注入黄河。疏导洛水，从熊耳山开始，向东北流与涧水、瀍水会合；又向东流与伊水会合，又向东北流，注入黄河。

九州由此统一了：四方的土地都已经可以居住了，九条山脉都伐木修路可以通行了，九条河流都疏通了水源，九个湖泽都修筑了堤防，四海之内进贡的道路都畅通无阻了。水火金木土谷六府都治理得很好，各处的土地都要征收赋税，并且规定慎重征取财物赋税，都要根据土地的上中下三等来确定它。中央之国赏赐土地和姓氏给诸侯，敬重以德行为先，又不违抗我的措施的贤人。

国都以外五百里叫做甸服。离国都最近的一百里缴纳连秆的禾；二百里的，缴纳禾穗；三百里的，缴纳带秸的谷；四百里的，缴纳粗米；五百里的缴纳精米。

甸服以外五百里是侯服。离甸服最近的一百里替天子服差役；二百里的，担任国家的差役；三百里的，担任侦察工作。

侯服以外五百里是绥服。三百里的，考虑推行天子的政教；二百里的，奋扬武威保卫天子。

绥服以外五百里是要服。三百里的，约定和平相处；二百里的，约定遵守条约。

要服以外五百里是荒服。三百里的，维持隶属关系；二百里的，进贡与否流动不定。

东方进至大海，西方到达沙漠，北方、南方同声教都到达外族居住的地方。于是禹被赐给玄色的美玉，表示大功告成了。

甘　誓①

【原文】

启与有扈战于甘之野②，作《甘誓》。

大战于甘，乃召六卿③。王曰："嗟！六事之人④，予誓告汝：有扈氏，威侮五行⑤，怠弃三正⑥，天用剿绝其命⑦，今予惟恭行天之罚⑧。左不攻于左⑨，汝不恭命；右不攻于右，汝不恭命；御非其马之正⑩，汝不恭命。用命，赏于祖⑪；弗用命，戮于社⑫，予则孥戮汝⑬。"

【注释】

①本篇是一道战争动员令。在这篇誓师词中，夏启陈述了举兵讨伐有扈氏的理由，申明了奖惩办法。甘：地名，有扈氏国都的南郊。誓：古代帝王诸侯出师征战的誓师词。

②启：禹的儿子。有扈氏：国名，故城在现在的陕西省户县。

③六卿：六军主将。夏、商、周三代，天子有六军。

④六事之人：六军全体将士。

⑤威侮：蔑视，轻慢。五行：金、木、水、火、土五种物质。

⑥三正：正德、利用，厚生三大政事。

⑦用：因此。剿：灭绝。

⑧恭行：举行，实行。

⑨左：前者指车左的兵士，后者指车左的敌人，下文"右"类此。

⑩御：驾车的人。正：同"政"，指驾驭马的技术。

⑪赏于祖：古代天子亲自出征，必随身带着祖庙的神主，行赏必在神主前进行，以示不敢专断。

⑫戮：杀。社：社主。

⑬孥：同奴。

【译文】

启跟有扈氏在其都城郊野甘这个地方打仗，史官记录下启的战前誓词，撰写出《甘誓》。

启将要在甘这个地方打一场大战，就召集六军将领进行战前动员。君王说："啊！六军的全体将士们，我在这里告诫你们：有扈氏蔑视五行，违背自古沿袭下来的治国大法，废弃三大政事，上天因此要断绝他们的国运，我现在要奉行上天对他们的惩罚。战车左侧的兵士如果不能用利箭射杀左翼的敌人，你们就是不遵从我的命令；战车右侧的兵士如果不能用长矛刺死右翼的敌人，你们也是不遵从我的命令；驾驭战车的兵士如果不精通驾驭战马的方法，使战车应进则进，该退则退，你们也是不遵从我的命令。凡是遵从命令者，我就在先祖的灵位前予以奖赏；凡是不遵从命令者，就在先祖的灵位前对你们加以惩罚，我要把你们降为奴隶，甚至杀死你们！"

五子之歌①

【原文】

　　太康失邦②，昆弟五人须于洛汭③，作《五子之歌》。

　　太康尸位④，以逸豫灭厥德⑤，黎民咸贰⑥，乃盘游无度⑦，畋于有洛之表⑧，十旬弗反⑨。有穷后羿因民弗忍⑩，距于河⑪。厥弟五人御其母以从⑫，徯于洛之汭⑬。五子咸怨，述大禹之戒以作歌⑭。

　　其一曰："皇祖有训⑮，民可近，不可下⑯，民惟邦本，本固邦宁。予视天下愚夫愚妇一能胜予⑰，一人三失，怨岂在明⑱，不见是图⑲。予临兆民⑳，懔乎若朽索之驭六马㉑，为人上者，奈何不敬㉒？"

　　其二曰："训有之：内作色荒㉓，外作禽荒㉔。甘酒嗜音㉕，峻宇雕墙㉖。有一于此，未或不亡。㉗"

　　其三曰："惟彼陶唐㉘，有此冀方㉙。今失厥道，乱其纪纲，乃底灭亡㉚。"

　　其四曰："明明我祖㉛，万邦之君。有典有则㉜，贻厥子孙㉝。关石和钧㉞，王府则有㉟。荒坠厥绪㊱，覆宗绝祀㊲！"

　　其五曰："呜呼曷归㊳？予怀之悲。万姓仇予，予将畴依㊴？郁陶乎予心㊵，颜厚有忸怩㊶。弗慎厥德，虽悔可追㊷？"

【注释】

①夏帝太康沉湎于游乐，荒废政事，人民不堪其苦，有穷国国君羿率领民众在黄河北岸阻止出猎的太康返回京城，从而使之失去帝位。太康出猎的时候，他的五个弟弟为了侍候其母，一同去了，太康被阻后，五个弟弟在洛水之北等候了一百余日，终不见他返回，于是各作歌一首，表示对他的责难。

②太康：夏启的儿子。

③须：等待。汭：河流的转弯处。

④尸位：古代享用祭祀的主位，这里指处于尊贵的地位。

⑤逸：安逸。豫：安乐。

⑥贰：怀有二心。

⑦盘游：娱乐游逸。盘：游乐。

⑧畋：打猎。表：指洛水的南面。

⑨反：同"返"。

⑩有穷：国名。有，名词词头，无义。后：君。羿：有穷国国君的名。

⑪距：拒。

⑫御：侍奉。

⑬徯：等待。

⑭述：遵循。

⑮皇祖：指夏的开国君主禹。皇，大。

⑯下：以……为低下，即贱视。

⑰一：全，都。

⑱怨：这里是自责的意思。明：昭彰。

⑲不见是图：即图不见。图，图谋，这里意为设法纠正。不见，细微而不易察知。见，同"现"。

⑳兆：十亿为一兆。

㉑懔：恐惧。索：绳索。驭：驾。

㉒敬：谦敬谨慎。

㉓作：作兴，即迷恋。色：女色。荒：迷乱。

㉔禽：鸟兽，这里指田猎。

㉕甘：美味，这里指纵饮。嗜：特别爱好。

㉖宇：屋宇。

㉗或：有的人。

㉘陶唐：指尧帝。尧初为唐侯，后为天子，定都陶地，故称陶唐氏。

㉙冀方：冀州地方。这里是以冀州代全国。

㉚底：致。

㉛明明：明而又明，即万分圣明。

㉜典：典章。则：法度。

㉝贻：留。

㉞关：交换。石：这里指人们日常生活和生产的必需品。和钧：即平钧。

㉟有：富有。

㊱绪：余绪，即前人留下的事业。

㊲覆：灭。绝：断。

㊳曷归：即归何。曷，何。

㊴畴：谁。

㊵郁陶：忧愁。

㊶颜厚：这里指面带愧色。忸怩：内心惭愧。

㊷虽：即使。

【译文】

夏王太康身居尊位而不理政事，因为放纵享乐而丧失德行，民众都怀有二心。太康游玩寻乐，没有节制，到洛水的南岸去田猎，一连百天都不返回。有穷国的君王后羿乘夏朝民众不堪忍受太康所作所为的机会，据守在黄河岸边阻止太康返回。太康的五个兄弟侍奉他们的母亲跟随打猎，在洛河的转弯处等候太康。五个兄弟都怨恨太康，追述大禹的训诫而作诗歌。

第一首歌唱道："伟大的祖先大禹有训诫：民众只可以亲近，不可以疏远。民众是国家的根本，根本坚固国家才安宁。我观察天下，愚夫愚妇都可以超过我。一个人有许多过失，民众的怨恨难道非得到明显的时候才去考虑吗？应该在还没有显现时就加以考虑。我们面对亿万民众，就像用腐烂的绳子驾驭着六匹马一样，令人恐惧；在民众之上的君王，为什么不谨慎呢？"

第二首歌唱道："大禹的训诫有这样的话：在内所为迷惑于女色，在外所为迷恋于游猎，沉湎于美酒、音乐，身居高大的宫宇、还要绘饰宫墙。这几种情况如果染上一种，没有不亡国的。"

第三首歌唱道："那个陶唐帝尧，占有冀方一带。现在太康丧失了尧的治道，扰乱尧的法纪，才导致灭亡。”

　　第四首歌唱道：“我们万分英明的祖先大禹，是天下四方的共同君王。有常典、法则，留给他的子孙后代。关征赋税，计算平均；民众感到平和，朝廷也很充实。如今太康荒废丧失了祖先留下的事业，覆灭了宗庙，断绝了祭祀。”

　　第五首歌唱道：“唉呀，归向何方？我们怀念家乡，感到悲伤。天下四方的民众都怨恨我们，我们将依靠谁呢？我的神情抑郁忧伤，羞愧于色，内疚于心。平时不能谨慎自己的德行，虽然后悔，难道还能挽救吗？”

胤　征①

【原文】

　　羲和湎淫②，废时乱日，胤往征之，作《胤征》。

　　惟仲康肇位四海③，胤侯命掌六师④。羲和废厥职，酒荒于厥邑⑤，胤后承王命徂征。

　　告于众曰：“嗟予有众⑥，圣有谟训⑦，明征定保⑧，先王克谨天戒⑨，臣人克有常宪⑩，百官修辅⑪，厥后惟明明，每岁孟春⑫，遒人以木铎徇于路⑬，官师相规⑭，工执艺事以谏⑮，其或不恭，邦有常刑。

　　“惟时羲和颠覆厥德，沈乱于酒⑯，畔官离次⑰俶扰天纪⑱，遏弃厥司⑲。乃季秋月朔⑳，辰弗集于房㉑，瞽奏鼓㉒，啬夫驰㉓，庶人走。羲和尸厥官罔闻知㉔，昏迷于天象，以干先王之诛㉕。政典曰：'先时者样无赦㉖，不及时者杀赦。'"

"今予以尔有众，奉将天罚㉗。尔众士同力王室㉘，尚弼予钦承天子威命㉙。火炎昆冈㉚，玉石俱焚。天吏逸德㉛，烈于猛火。歼厥渠魁㉜，胁从罔治，旧染污俗，咸与维新㉝。呜呼！威克厥爱㉞，允济㉟；爱克厥威，允罔功。其尔众士，懋戒哉㊱！"

【注释】

①本篇是胤侯奉命征伐羲和出征之前聚众誓师时的誓词。胤，诸侯国国名。

②羲和：羲氏和氏。自唐（尧）至夏，世代掌管四时之官。湎：沉溺于美酒。淫：过分。

③仲康：太康的弟弟，太康失去帝位后，羿立仲康为帝。肇：开始。位：同"莅"，到。这里是统治的意思。

④侯：君。六师：六军。当时统率六军者为大司马。

⑤邑：封地。

⑥嗟：感叹词。

⑦谟：谋略。

⑧征：应验。保：安，指安邦。

⑨天戒：上天的告诫，指天象变化，如日蚀、月蚀之类，古人认为是上天降祸的表示。

⑩常宪：常规法典。

⑪修：修职，即尽职。

⑫孟春：初春。孟，农历一季的第一个月。

⑬遒人：官名，主管宣令。木铎：一种铃，铃体为金属

质，铃舌为木质。古时宣布政令，沿途摇铃，以引起注意。徇：同"巡"。

　　⑭官师：诸官。规：规劝。

　　⑮工：百工，即各种工匠艺人。执：用。艺事：技艺规程。

　　⑯沈：同"沉"。

　　⑰畔：同"叛"。次：职位。

　　⑱俶：始。天纪：天时历法。

　　⑲遒：远。司：职责。

　　⑳季秋：秋季的最后一个月，即农历九月。季，一季的最后一个月。朔：农历每月初一。

　　㉑辰：指太阳与月亮相会之所。房：房宿，房星。

　　㉒瞽：本指盲人，这里指乐官。

　　㉓啬夫：掌管布帛之官。

　　㉔尸：主管。

　　㉕干：犯。诛：杀，这里指关于诛杀的法律。

　　㉖先时：先于天时。

　　㉗将：行将。天罚：上天的惩罚。

　　㉘同力：同心协力。

　　㉙尚：表示祈请的副词，有请、望的意思。

　　㉚昆冈：即昆山，古代著名的玉产地。

　　㉛天吏：天子的官吏。逸：错误。德：这里指行为。

　　㉜歼：歼灭，全部杀死。渠：大。

　　㉝与：允许。

　　㉞爱：爱心，这里指对亲爱者当杀而不杀的私心。

㉟允：确实，一定。济：成功。

㊱懋：勉力，努力。

【译文】

羲氏与和氏无节制地饮酒作乐，废乱了天时和节令，胤侯奉命征讨他们。史官据此事撰写了这篇《胤征》。

夏帝仲康开始治理四海，胤侯受命掌管夏王的六师。羲和放弃他的职守，在他的私邑嗜酒荒乱。胤侯接受王命，去征伐羲和。

胤侯告诫军众说："啊！我的众位官长。圣人有谟有训，明白有验，可以定国安邦：先王能谨慎对待上天的警戒，大臣能遵守常法，百官修治职事辅佐君主，君主就明而又明。每年孟春之月，宣令官员用木铎在路上宣布教令，官长互相规劝，百工依据他们从事的技艺进行谏说。他们有不奉行的，国家将有常刑。

"这个羲和颠倒他的行为，沉醉在酒中，背离职位，开始搞乱了日月星辰的运行历程，远远放弃他所司的事。前些时候季秋月的朔日，日月不会合于房，出现日食。乐官进鼓而击，啬夫奔驰取币以礼敬神明，众人跑着供役。羲和主管其官却不知道这件事，对天象昏迷无知，因此触犯了先王的诛罚。先王的《政典》说：历法出现先于天时的事，杀掉无赦，出现后于天时的事，杀掉无赦。"

"现在我率领你们众长，奉行上天的惩罚。你等众士要对王室同心协力，辅助我认真奉行天子的庄严命令！火烧昆

成湯

成汤像

山，玉和石同样被焚烧；天王的官吏如有过恶行为，害处将比猛火更甚。消灭那个为恶的大首领，胁从的人不要惩治；旧时染有污秽习俗的人，都允许更新。

"啊！严明胜过慈爱，就真能成功；慈爱胜过严明，就真会无功。你等众士要努力要戒慎呀！"

商　书

汤　誓①

【原文】

　　伊尹相汤伐桀②，升自陑③，遂与桀战于鸣条之野④，作《汤誓》。

　　王曰："格尔众庶⑤，悉听朕言⑥。非台小子⑦，敢行称乱⑧！有夏多罪，天命殛之⑨。今尔有众，汝曰：'我后不恤我众⑩，舍我穑事⑪，而割正夏⑫？'予惟闻汝众言，夏氏有罪，予畏上帝，不敢不正。今汝其曰⑬：'夏罪其如台⑭？'夏王率遏众力⑮，率自己的德行，虽然后悔，难道还能挽割夏邑⑯。有众率怠弗协⑰，曰：'时日曷丧⑱？予及汝皆亡！'夏德若兹，今朕必往。"

　　"尔尚辅予一人⑲，致天之罚，予其大赉汝⑳！尔无不信㉑，朕不食言，尔不从誓言。予则孥戮汝㉒，罔有攸赦㉓。"

【注释】

①本篇是商汤出师征讨夏桀时的誓词即战争动员令。

②伊尹：名挚，商朝名臣。相：辅佐。桀：名履癸，禹的第十四代孙，夏朝最后一个君王。

③升：自下而上，这里指北上。陑：地名，在黄河以南，潼关附近。

④鸣条：地名，在黄河以北，安邑之西。

⑤格：呼语，意为"来吧"。众庶：诸位。

⑥悉：都。朕：我。自秦始皇起专用为帝王自称。

⑦台：我。小子：对自己的谦称。

⑧称乱：发难。称，举。

⑨殛：诛杀。

⑩后：国君。恤：关心体贴。

⑪穑事：农事。

⑫割：同"曷"，怎么，为什么。正：征。

⑬其：表揣测的语气副词，有恐怕、大概的意思。

⑭如台：如何。

⑮率：相率。遏：绝，尽。

⑯割：残酷剥削。邑：国。

⑰率：大都。协：和谐。

⑱时：这。日：喻夏桀。

⑲予一人：古代天子自称。

⑳赉：赏赐。

㉑无：不要。

㉒孥同"奴"，以……为奴。戮：杀。

㉓攸：所。

【译文】

　　伊尹辅佐商汤讨伐夏桀，从陑这个地方北上，后来就在鸣条的郊外同桀交火开战。出征的时候，商汤率众誓师，告诫将士。史官记下这一件事，撰写出《汤誓》。

　　王说："来吧，诸位将士，都来听听我的讲话。不是我这个平凡的人敢于犯上作乱，而是夏王犯下许多罪行，上天命令我去诛杀他。现在你们众人或许会责问我：'我们的君王根本就不关心体贴我们这些人，因为他把我们的耕种与收获这种关系国计民生的大事抛在一边，而去讨伐夏王，这究竟是为什么呢？'尽管我知道你们有这样的怨言，但是由于夏王有罪，我害怕上天发怒，也不敢不去讨伐他。现在你们大概还会进一步责问我：'夏王有罪，确实如此，但是他的罪究竟有多大呀？'让我来告诉你们吧。夏王一贯把沉重的劳役加在民众身上，把民力都消耗尽了，对民众的剥削非常残酷。使得民众懈怠涣散，与他关系很紧张，甚至诅咒他说：'你这颗红太阳什么时候才会坠落呀！我们宁愿跟你同归于尽！'夏国的世道已经败坏到这种地步，现在我非去讨伐它不可。"对于你们，我的希望和要求是：都来辅助我，施行上天对夏王惩罚。你们这样做了，我将重重地奖赏你们！你们不要不相信我的话，我是绝对不会不守信用，诺言自食的。如果你们不按誓言去做，我可要严厉惩罚你们，把你们降为奴隶，甚至杀死你们，对任何人也不会宽赦！"

仲虺之诰①

【原文】

　　汤归自夏至于大坰②，仲虺作诰。成汤放桀于南巢③，惟有惭德。曰："予恐来世以台为口实。"

　　仲虺乃作诰，曰："呜呼！惟天生民有欲，无主乃乱，惟天生聪明时乂④。有夏昏德，民坠涂炭⑤，天乃锡王勇智⑥，表正万邦⑦，缵禹旧服⑧，兹率厥典⑨，奉若天命⑩。

　　"夏王有罪，矫诬上天⑪，以布命于下。帝用不臧⑫，式商受命⑬，用爽厥师⑭。简贤附势⑮，实繁有徒⑯。肇我邦于有夏，若苗之有莠⑰，若粟之有秕⑱。小大战战⑲，罔不惧于非辜⑳。矧予之德㉑，言足听闻。"惟王不迩声色㉒，不殖货利㉓。德懋懋官，功懋懋赏。用人惟己，改过不吝。克宽克仁，彰信兆民。"乃葛伯仇饷㉔，初征自葛，东征西夷怨，南征北狄怨，曰：'奚独后予？'㉕攸徂之民，㉖室家相庆，曰：'奚予后㉗，后来其苏㉘。'民之戴商㉙，厥惟旧哉㉚！佑贤辅德㉛，显忠遂良㉜；兼弱攻昧㉝，取乱侮亡㉞，推亡固存㉟，邦乃其昌。德日新，万邦惟怀；志自满，九族乃离。王懋昭大德，建中于民㊱，以义制事㊲，以礼制心，垂裕后昆㊳。予闻曰：'能自得师者王，谓人莫己若者亡㊴。好问则裕，自用则小㊵。'呜呼！慎厥终，惟其始。殖有礼㊶，覆昏暴。钦崇天道，永保天命。"

【注释】

①本篇是仲虺劝勉成汤的诰词。仲虺，商王成汤的左相。诰，即告。

②大坰：地名。

③成汤：商朝的开国君主。由于他以武力灭夏，使商族立国获得成功，因而被称为成汤。成是谥号。放，流放。南巢，地名。

④时：是，这。乂：治理。

⑤坠：陷入。涂炭：烂泥与大火，这里比喻深重的灾难。

⑥锡：同赐。

⑦表正：表率，范例。

⑧缵：继承。服：实行。

⑨率：遵循。

⑩奉若天命：意思是符合天意，无可愧悔。

⑪矫：欺诈。诬：言话不实。

⑫用：因。臧：善。

⑬式：用。

⑭爽：丧。师：众庶。

⑮简：怠慢。

⑯繁：多。德：同类人。

⑰莠：杂草。

⑱秕：秕子，即不饱满的谷粒。

⑲战战：恐惧得发抖。

⑳罔：没有谁。非辜：无罪。

㉑矧：况且。

㉒迩：近。

㉓殖：这里是聚敛的意思。

㉔葛：国名。伯，伯爵。仇：仇视。饷：给在田间劳动的人送饭。相传，成伯与葛伯为邻，葛伯以没有牛羊、谷物做祭品为由而不祭祀鬼神，汤送给他牛羊，他却将牛羊吃了；汤又派人去帮他耕种，老人孩子去给田里的人送饭，他却带人去抢夺饭食，送饭的不让抢，他就把他们杀死。这就是《孟子·滕文公下》中说的"葛伯仇饷"。

㉕奚：何。后：指后讨伐。

㉖徂：往。句中"攸徂"指讨伐所到之处。

㉗奚：等待。后：君王。

㉘苏：死而复生。

㉙戴：拥戴。

㉚旧：久。

㉛佑：辅。

㉜显：显扬。遂：使……遂，即起用。

㉝兼：兼并。

㉞侮：轻慢。亡：指亡国之君。

㉟推：促使。存：指应该生存者。

㊱建：树立。中：中正之道。

㊲制：裁夺，控制。

㊳垂：流传。裕：指使百姓安居乐业的大理。后昆：后裔，子孙后代。

㊴莫己若：即莫若己。莫，没有谁。若，如，胜过。

㊵自用：自以为是。小：渺小。上文的"裕"与"小"相对，伟大的意思。

㊶殖：树立。

【译文】

汤讨伐夏桀后，从夏回国，中途到达大坰，仲虺作诰。

成汤灭夏，把夏桀放逐到了南巢，想想内心有些惭愧。说："我害怕后世以我的行为为借口。"仲虺于是作了诰词。

仲虺说："啊！上帝生下民众就有七情六欲。如果没有君王，社会就会混乱，因此上帝又生出聪明的人来治理民众。夏王桀昏乱德行，使民众陷于涂泥炭火之中，上帝于是赐予大王您勇敢和智慧，使您成为天下四方的表率，继承大禹过去的事业。遵循大禹的法典常规，尊奉顺从上帝的大命。

夏桀有罪，假托上天的旨意，对下面发号施令。上天因他不善，就用商来接受天命，因此夏桀失掉了他的广大臣民。怠慢贤德，依附权势，这种人确实有众多同伙。当初，我们邦国在夏王看来，就像混在禾苗中的野草，混在谷物中的空壳。我们商国上上下下都战战兢兢，无不害怕无罪而招祸。况且我们商的美德，说出来足以动人听闻。大王您不贪恋歌舞和女色，不聚敛金钱财物。对努力修德的人您就授予官职勉励他，对努力建功的人您就给予奖赏鼓励他。采用别人的意见就像自己的意见一样，改正过失毫不吝惜。能宽厚能仁慈，向万民昭示自己的诚信。葛伯仇恨杀死您派去给他馈赠之人，大王您初次征伐就从葛伯开始。之后，您向东征伐西方夷人就埋怨，向南征伐北方狄人就埋怨，他们说：'为何唯独后征讨我们这里呢？'您所到之地的民众，家家户户相互庆贺，他们说：'等待我们的君王吧，君王来了我们就能死而复生。'民众拥戴商汤，恐怕由来已久了啊！

"佑助贤德的诸侯，显扬忠良的诸侯；兼并懦弱的，讨伐昏暗的，夺取荒乱的，轻慢走向灭亡的。推求灭亡的道理，以巩固自己的生存，国家就将昌盛。

"德行日新不懈，天下万国就会怀念；志气自满自大，亲近的九族也会离散。大王要努力显扬大德，对人民建立中道，用义裁决事务，用礼制约思想，把宽裕之道传给后人。我听说能够自己求得老师的人就会为王，以为别人不及自己的人就会灭亡。爱好问，知识就充裕；只凭自己，闻见就狭小。

"啊！慎终要像它的开始。扶植有礼之邦，灭亡昏暴之国；敬重上天这种规律，就可以长久保持天命了。"